国 际 大 奖 小 说

そのぬくもりはきえない

那份温暖永不散去

[日] 岩濑成子 / 著
[日] 酒井驹子 / 绘
邢广杨 / 译

天津出版传媒集团
新蕾出版社

图书在版编目（CIP）数据

那份温暖永不散去/(日)岩濑成子著；(日)酒井驹子绘；邢广杨译.
—天津：新蕾出版社，2013.1(2024.4重印)
(国际大奖小说)
ISBN 978-7-5307-5537-2

Ⅰ.①那…
Ⅱ.①岩…②酒…③邢…
Ⅲ.①儿童文学–长篇小说–日本–现代
Ⅳ.①I313.84

中国版本图书馆CIP数据核字(2012)第164511号
Sono Nukumori wa Kienai
Text copyright © 2007 by Joko Iwase
Cover illustration copyright © 2007 by Komako Sakai
First published in Japan in 2007 by KAISEI-SHA Publishing Co., Ltd.
Simplified Chinese translation rights arranged with KAISEI-SHA Publishing Co., Ltd.
through Japan Foreign-Rights Centre /Bardon-Chinese Media Agency
Simplified Chinese translation copyright © 2012 by New Buds Publishing House (Tianjin) Limited Company
ALL RIGHTS RESERVED
津图登字：02-2011-191

出版发行	天津出版传媒集团 新蕾出版社
	http://www.newbuds.com.cn
地　　址	天津市和平区西康路35号(300051)
出 版 人	马玉秀
电　　话	总编办(022)23332422 发行部(022)23332679　23332677
传　　真	(022)23332422
经　　销	全国新华书店
印　　刷	天津新华印务有限公司
开　　本	880mm×1230mm　1/32
字　　数	92千字
印　　张	5.75
版　　次	2013年1月第1版　2024年4月第33次印刷
定　　价	20.00元

著作权所有，请勿擅用本书制作各类出版物，违者必究。
如发现印装质量问题，影响阅读，请与本社发行部联系调换。
地址：天津市和平区西康路35号
电话：(022)23332677　邮编：300051

前言

一辈子的书

梅子涵

亲近文学

一个希望优秀的人,是应该亲近文学的。亲近文学的方式当然就是阅读。阅读那些经典和杰作,在故事和语言间得到和世俗不一样的气息,优雅的心情和感觉在这同时也就滋生出来;还有很多的智慧和见解,是你在受教育的课堂上和别的书里难以如此生动和有趣地看见的。慢慢地,慢慢地,这阅读就使你有了格调,有了不平庸的眼睛。其实谁不知道,十有八九你是不可能成为一个文学家的,而是当了电脑工程师、建筑设计师……可是亲近文学怎么就是为了要成为文学家,成为一个写小说的人呢?文学是抚摸所有人的灵魂的,如果真有一种叫作"灵魂"的东西的话。文学是这样的一盏灯,只要你亲近过它,那么不管你是在怎样的境遇里,每天从事

怎样的职业和怎样地操持，是设计房子还是打制家具，它都会无声无息地照亮你，使你可能为一个城市、一个家庭的房间又添置了经典，添置了可以供世代的人去欣赏和享受的美，而不是才过了几年，人们已经在说，哎哟，好难看哟！

谁会不想要这样的一盏灯呢？

阅读优秀

文学是很丰富的，各种各样。但是它又的确分成优秀和平庸。我们哪怕可以活上三百岁，有很充裕的时间，还是有理由只阅读优秀的，而拒绝平庸的。所以一代一代年长的人总是劝说年轻的人："阅读经典！"这是他们的前人告诉他们的，他们也有了深切的体会，所以再来告诉他们的后代。

这是人类的生命关怀。

美国诗人惠特曼有一首诗：《有一个孩子向前走去》。诗里说：

有一个孩子每天向前走去，
他看见最初的东西，他就变成那东西，
那东西就变成了他的一部分……

如果是早开的紫丁香，那么它会变成这个孩子的一

部分；如果是杂乱的野草，那么它也会变成这个孩子的一部分。

我们都想看见一个孩子一步步地走进经典里去，走进优秀。

优秀和经典的书，不是只有那些很久年代以前的才是，只是安徒生，只是托尔斯泰，只是鲁迅；当代也有不少。只不过是我们不知道，所以没有告诉你；你的父母不知道，所以没有告诉你；你的老师可能也不知道，所以也没有告诉你。我们都已经看见了这种"不知道"所造成的阅读的稀少了。我们很焦急，所以我们总是非常热心地对你们说，它们在哪里，是什么书名，在哪儿可以买到。我就好想为你们开一张大书单，可以供你们去寻找、得到。像英国作家斯蒂文生写的那个李利一样，每天快要天黑的时候，他就拿着提灯和梯子走过来，在每一家的门口，把街灯点亮。我们也想当一个点灯的人，让你们在光亮中可以看见，看见那一本本被奇特地写出来的书，夜晚梦见里面的故事，白天的时候也必然想起和流连。一个孩子一天天地向前走去，长大了，很有知识，很有技能，还善良和有诗意，语言斯文……

同样是长大，那会多么不一样！

自己的书

优秀的文学书,也有不同。有很多是写给成年人的,也有专门写给孩子和青少年的。专门为孩子和青少年写文学书,不是从古就有的,而是历史不长。可是已经写出来的足以称得上琳琅和灿烂了。它可以算作是这二三百年来我们的文学里最值得炫耀的事情之一,几乎任何一本统计世纪文学成就的大书里都不会忘记写上这一笔,而且写上一个个具体的灿烂书名。

它们是我们自己的书。合乎年纪,合乎趣味,快活地笑或是严肃地思考,都是立在敬重我们生命的角度,不假冒天真,也不故意深刻。

它们是长大的人一生忘记不了的书,长大以后,他们才知道,原来这样的书,这些书里的故事和美妙,在长大之后读的文学书里再难遇见,可是因为他们读过了,所以没有遗憾。他们会这样劝说:"读一读吧,要不会遗憾的。"

我们不要像安徒生写的那棵小枞树,老急着长大,老以为自己已经长大,不理睬照射它的那么温暖的太阳光和充分的新鲜空气,连飞翔过去的小鸟,和早晨与晚间飘过去的红云也一点儿都不感兴趣,老想着我长大

了,我长大了。

"请你跟我们一道享受你的生活吧!"太阳光说。

"请你在自由中享受你新鲜的青春吧!"空气说。

"请你尽情地阅读属于你的年龄的文学书吧!"梅子涵说。

现在的这些"国际大奖小说"就是这样的书。

它们真是非常好,读完了,放进你自己的书架,你永远也不会抽离的。

很多年后,你当父亲、母亲了,你会对儿子、女儿说:"读一读它们,我的孩子!"

你还会当爷爷、奶奶、外公和外婆,你会对孙辈们说:"读一读它们吧,我都珍藏了一辈子了!"

一辈子的书。

そのぬくもりはきえない

目录
那份温暖永不散去

第一章　初遇哈鲁…………………………………001

第二章　为妈妈而训练……………………………008

第三章　真麻的请求………………………………018

第四章　探访爸爸…………………………………026

第五章　二楼的"幽灵"……………………………035

第六章　令人烦恼的辅导班………………………042

第七章　"幽灵"再现………………………………052

第八章　生日聚会…………………………………059

目录
那份温暖永不散去
そのぬくもりはきえない

第 九 章　朝夫的世界……………………065

第 十 章　大赛风波………………………071

第十一章　谜一样的高岛太太……………082

第十二章　混乱的记忆……………………091

第十三章　水族馆之夜……………………097

第十四章　真相大白………………………108

第十五章　为哈鲁而爆发…………………116

第十六章　谎话被戳穿……………………120

第十七章　朝夫消失了……………………132

第十八章　妈妈的转变……………………145

第十九章　那份温暖永不散去……………156

第一章

初遇哈鲁

小波缓慢地走着,她正在思考学校里发生的事,这一切都是由一只死螳螂引起的。

螳螂死在小波家的庭院里。当时,它的身体已经变成了枯叶的颜色,前爪保持微微向前伸的姿态,僵硬地死去了。小波赶忙拿来带有花纹的餐巾纸将它包好放进抽屉里。上学时,小波带上了它。开始时,她是想让别人看看螳螂死后的样子,但最后,小波却把死螳螂偷偷地放进了邻桌春奈的书桌里。

当春奈发现漂亮的餐巾纸时,以为里面可能包着什么精美的东西,她高兴地打开纸包。只听她"哇"地大叫了一声将纸包扔了出去,一只死螳螂落在了地上。

"太恶心了!"春奈急忙躲开了死螳螂。

春奈猜这可能是某个男生的恶作剧,于是马上将事情告诉了老师。

课前老师问大家:"这件事是谁干的?都给我实话实

说!"小波没敢举手,因为她没想到老师会用这样的语气提问,好像是在抓坏人一样。

"是谁?是谁?"同学们边议论边四下张望着。

老师一再追问,当问到第四次时,小波慢慢地举起了手。

"羽村,是你?为什么会做出这种事?"老师感到非常意外。小波不知如何回答老师的提问,只能低头不语。"好了,等一下再说吧。"说罢,老师重新用餐巾纸将死螳螂包好放在桌角上,然后开始讲课。接下来也没再提起螳螂的事情。

课间,老师走到小波的身旁:"你替死去的螳螂想过吗?它不想入土为安吗?我再问你,为什么要放到春奈的书桌里?你这样做想过春奈的感受吗?"

小波曾经考虑过螳螂的感受,却无法体会到螳螂的心情。

随后,老师带着小波来到校园的花坛旁说道:"用铁锹挖个小坑吧。"

小波很快将小坑挖好了。老师将死螳螂放入坑内并让小波用土掩埋。小波边听话地埋着边想:这样的结局是螳螂所希望的吗?

"我们祈祷吧。"老师对着埋葬螳螂的地方双手合十,小波也举起了双手。

"这样它就可以去天国了。"老师告诉小波。

就这样,螳螂从小波的视线里消失了,想象着土地下面那黑暗冰冷的世界,小波感到有些难过,觉得自己这样做好像有些对不起螳螂。

"不许有第二次了,知道吗?"老师又恢复了以往亲切的语气。

"知道了。"小波答道。

思绪被口袋里的手机铃声拉了回来,原来是妈妈的电话。

"喂。"

"小波,你现在在哪里?快点儿回家,有件事会让你大吃一惊的!"

"我在松林儿童医院的前面,您说有让我吃惊的事情?"

"好了,好了,快回来吧。"妈妈挂掉了电话。

这时,小波看到真麻牵着一条茶色的大狗狗,从坡上走了过来。虽说已经十月份了,真麻却穿着黑色短袖衫和红色裙子,脖子上还戴了一条项链。

"你好。"

"你好。"

她们互相打着招呼。

真麻现在读五年级,只比小波高一年级。她和小波

在同一个绘画特长班里学习,但两人认识的时间并不长。

"那个……"

"什么?"小波停住了脚步。

"你能帮我牵一下这条狗狗吗?我忘记拿一个东西了,我想去取一下。"真麻将狗链递给小波。小波再一次看了看这只狗狗,它正坐在真麻的身边,远远地望着坡上。

"它不咬人吗?"这么大的狗狗让小波有些害怕。

"不咬人。它很老实的。是吧,哈鲁?"

原来,这只狗狗的名字叫哈鲁。

"你能马上就回来吗?"

"嗯,很快!"

小波从真麻的手中接过了狗链。

"哪里也别去啊。"说完,真麻一溜儿小跑地离开了。

哈鲁站起身来,向真麻跑远的方向张望,似乎也想和主人一起过去。

"不行,待在这儿!"虽然有些害怕狗狗,但小波还是拉紧了狗链。

哈鲁打消了追赶真麻的想法之后,转向墙边。哈鲁的脖子上系着一条粉色的围巾,这让它看起来像是一只母狗。

そのぬくもりはきえない

"哈鲁!"小波突然叫了一声,哈鲁却没有丝毫反应。

如果这只狗狗是我的该有多好啊,小波想着。

小波家至今都没有养过狗。几年前,还是小学生的哥哥请求妈妈同意自己养狗,妈妈没有答应。"狗?"妈妈当时吓了一跳,"别说这种没影儿的事了,我们家从不养宠物,尤其是狗,伺候它们太麻烦了。刚开始养时,的确很可爱,但说不定什么时候我们就没法照顾它了,那对狗来说更是一种不幸。我不同意!坚决不行!"

当初,身体结实的外祖母也说过:"我最讨厌的就是狗!"

听到两个人这么说,哥哥从此再也不提养狗的事了。

小波从来没有提出过养狗,也从来没有想过这种事,因为她不想让妈妈说出"不行"两个字。时至今日,小波还是认为在自己家养狗是绝对不行的。

不过,当小波牵着哈鲁时,她可以感受到狗狗的呼吸,还可以同狗狗紧紧地贴在一起。

狗狗在大便时会不断地扭动身体;在撒尿时会抬起后腿,撒完后还会转身闻闻自己的尿味儿,最后再转过身来用后腿做出用沙子掩埋的动作。不过,现在哪儿都是柏油路,没有沙土,狗爪抓到柏油路面上只能发出"沙沙"的声音。

这时，哈鲁抬起头嗅了嗅空气的味道，然后转过脸看着小波。

"哈鲁!"小波摸了一下它的头，口中轻轻地喊着它的名字。哈鲁吐出粉红色的舌头哈哈地喘息着。真不咬人吗?小波依然有些害怕。哈鲁却一动不动，它那如丝一般顺滑的长毛柔软而温和。

哈鲁开始慢慢地向高坡走去，小波担心哈鲁跑走，连忙抓紧了狗链。小波随着哈鲁的节奏慢慢走着，任凭它在墙边闻来闻去，或许这是狗狗的习惯吧。小波心里琢磨着，难道狗狗的散步就是这个样子?

这时，真麻回来了。她手里提着一个塑料袋:"这个是用来装狗狗的便便的，刚才忘带了。"真麻说完，顺手接过了小波递过来的狗链。

"这只狗狗几岁了?"

"年纪应该不小了，到底多大我也不知道，它不是我的狗狗。"

"那它是谁家的呢?"

"是那边高岛太太家的。"真麻指着坡上一座老房子说道。

"为什么它会跟着你出来呢?"

"因为高岛太太已经很老了，不能带着狗狗散步了。"

"哦。"

"告诉你一件事,作为你陪哈鲁一起等我的回报。听说,高岛太太家里有了幽灵,就在二楼。"

"胡说!"小波看着真麻的脸。

"不是胡说!"

"什么样的幽灵?"

"这个我怎么会知道。"真麻微微一笑。

哈鲁又向前走了几步,走向下坡处。

"好了,好了,我们回去了,再见。"真麻说完,带着哈鲁走了。

小波正要离开,手机又响了,这一次还是妈妈。

"小波,你在哪儿了?"

"我正在回家的路上。"

走过高岛太太家的门前,小波看到墙壁上的白色涂料有些剥落,一楼被茂密的树叶遮挡着什么也看不见,二楼的窗户挂着窗帘。虽然小波经常从这家门前走过,但唯一的印象就是这白色的墙壁。现在,这座房子寂静得如同熟睡了一样,好像没什么人在这里居住。小波忽然想起真麻刚刚提到过幽灵,不禁感到一丝寒意。

第二章

为妈妈而训练

刚一推开房门,小波就闻到了一股甜甜的味道,她脱下鞋来到过道,味道变得更浓了。

小波走进了厨房。"你总算回来了。"妈妈笑着说。饭桌上摆放着香浓的巧克力蛋糕,旁边还放着小鸟形状的碟子和叉子。

"妈妈,为什么做蛋糕?"小波有些吃惊。

妈妈笑着说:"难道平日就不能吃蛋糕了?快把书包放下,然后去把手洗干净。"

按照妈妈的吩咐,小波去洗手间洗手。小波想:难道所谓的惊喜就是这个蛋糕?回到厨房,妈妈已经切好了蛋糕。

每当妈妈经营的商店闭店休息时,她就一定会烤面包圈或者脆皮松饼什么的,有时还会烤新月形的面包,而且一烤就是一个星期的量。妈妈一边烤着面包,一边干些其他的家务。比如,洗洗蔬菜,擦擦柜子,收拾收拾

浴室等等。总之，妈妈会一直忙个不停。有时，忙了一天的妈妈会疲惫地说："肩膀都僵硬了。"小波认为妈妈没有必要因为家务而过于劳累，但妈妈好像不这样做就不甘心似的。

小波想起父亲也喜欢吃甜点，像苹果派、草莓馅儿饼、花边蛋糕之类的。妈妈刚开始制作时还特地买了甜点书，然后一板一眼地按照书中写的那样做。爸爸和小波则会一直坐在旁边看着。"你妈妈做的蛋糕不比蛋糕店的差，什么时候我们也开个生日蛋糕专卖店吧，专门做孩子们喜欢的生日蛋糕，做好后由我来递送。"小波想起了爸爸的笑脸。

不过，那已经是以前的事情了。小波的父母几年前就离婚了。离开家人的爸爸，回到了自己的故乡福冈，干起了汽车销售的工作，两年前和一位叫槿的阿姨结了婚。

"好了，来吧。"妈妈把蛋糕盘子放在小波面前，还在玻璃杯中倒满了牛奶，随后走出了厨房。

"耕平！"妈妈在楼梯旁叫着哥哥。

巧克力蛋糕的香味实在太美妙了，小波尽情享受着。

"今天怎么这么晚才回家，你又到什么地方去了？"妈妈问。

"我……"

"以后早点儿回家,还要抓紧吃饭,抓紧换衣服!不然垒球练习会迟到的。另外,还记得我说过要给你个惊喜吗?"

"嗯。"小波回应着,难道除了蛋糕之外还有其他的事情?

"到二楼去你就知道了。"妈妈笑了。这时,哥哥走进了厨房。

"俱乐部的训练怎么样?"小波问哥哥。

"考试期间俱乐部放假。"说完,哥哥马上端过蛋糕吃了起来。

上初中一年级的哥哥加入了学校的棒球俱乐部。还是小学生的时候,哥哥就参加了学校的垒球队,到了五年级的时候,他真的成了一名投手。哥哥那漂亮的大风车式投球法实在让人很难击中。有一次,小波和妈妈一起去看哥哥的比赛,教练问小波:"你不想参加球队吗?"其实,妈妈也想让小波变得活泼些,妈妈说:"加入球队可以锻炼协调性和忍耐力,肯定很有意思,要不你也去试试吧。"就这样,小波加入了球队。

小波本打算快点儿把蛋糕吃完。因为她记得妈妈说过,做任何事如果不抓紧,最后着急的肯定是自己。她知道自己干什么都比其他人慢,虽然做事前想抓紧时间,

结果却还是晚于他人。为什么别人干点儿什么事都比我快?真是不可思议!

哥哥瞬间吃完了蛋糕,又咕咚咕咚地喝完了牛奶。可小波的蛋糕还有一半没吃呢。

"把剩下的放在那儿吧,晚饭后再吃。不然练习又要迟到了。"妈妈说。

"好。"小波遗憾地离开了座位,飞快地跑上了二楼。

到了二楼,小波的确大吃一惊,因为同哥哥一起生活的房间里,小波的桌子不见了。此时,妈妈也上到了二楼,她笑眯眯地指着自己的卧房说道:"你看看这个房间。"

小波打开门后,看到屋内的摆放格外清晰,地上铺着地毯,窗前放着小波的桌子,桌旁是哥哥和小波的二层床的上半部分。

"从今天起,这里就是你的房间啦。你也快十岁了,应该有自己的房间了。"妈妈说,"多亏你哥哥帮忙,才把房间布置成现在这样。"

小波呆呆地站在房子中间。

"怎么样,高兴吗?"妈妈笑着问道。

"太高兴了。"虽然小波想过拥有自己的房间,但总感觉那会是很久以后的事情。

"四年级的学生了,谁都想有自己的房间,对吧?"

"没错!"

"小波,快去准备吧,不然就要迟到了。"妈妈下楼去了。

小波从窗口向外看去,以前的房间是西南朝向的,而这个房间的窗户在东南方向,透过窗户可以看到许多家的房子。屋顶的瓦片沐浴在阳光下,白色的围墙闪闪发光。这里既能看到树林,也能遥望远方的河流,那条河从这里望过去如同一条发光的丝带。小波又看了一下自己的床铺。从今以后就可以独自睡觉了,这是件多么令人高兴的事情啊,但小波却感觉少了点儿什么……或许,少了一份哥哥做伴的安全感;抑或少了一群聆听自己心声的"知己"。

小波是个性格孤僻的孩子,她喜欢把自己藏进以前房间的小柜子里自言自语,那里存放着哥哥和小波不再使用的教科书和笔记本。

"小一点儿,再小一点儿,闭上双眼,会变得更小。"小波双手抱膝,头部顶着膝盖,龟缩在里面自言自语道。"现在你在哪里?"有问话声。"我在河边的草丛中。"小波这样回答。"有一只青蛙,就在你旁边。"声音又传了过来。哇,真有青蛙,一只、两只、三只,青蛙在小波的身旁跳着。"唱一个!唱一个!"青蛙们不住地叫着。随后,小波真的轻轻唱起了《火绒草》,青蛙们也随着歌曲的节奏舞

动着,四面八方聚集来的青蛙身轻如燕地舞动着,那里成了青蛙的海洋。

另一次,小波"遇见"了鼹鼠。鼻子高耸着的鼹鼠咳嗽着走过来。"感冒了吗?"小波问。"冷空气对肺不好。"鼹鼠说着依旧吸溜着鼻子。鼹鼠就是这样,从这里跑到那里,又从那里跑回这里,总也停不下来。"你去哪里?"小波问道。"我吗?谁知道呢。"说着鼹鼠又慌忙地潜进了地下。

还有一次,小波"遇见"了让人恶心的蛇。蛇说:"我想吃小鸡,我想吃软滑的雏鸡。"面对蛇的要求,小波说:"不行!"听到这样的回答,蛇扭曲着身体有些生气:"那你能给我什么?""棉花糖行吗?""不行!那东西太甜了。""鱼丸怎么样?""我讨厌鱼丸!""那么,给你豆腐吧。"蛇还在生气。小波安静地伸出手,温柔地抚摸着蛇的后背。

但现在,那个柜子却移出了小波的视线……

小波拉开了书桌前的椅子,坐下来环顾四周。周围被整理得井井有条,以前收集的各种丝带被妈妈放进了花瓶中。记得妈妈说过,像这样转动一下花瓶会非常好看,小波试了试,却发现丝带比想象中少了许多。或许,把瓶装得再满些,就能让这些废弃的丝带成为一件像样的装饰品了吧。

小波打开抽屉后,看到卷子和书本被整齐地放在一角,一看就知道是妈妈收拾的,每一个抽屉都精心分类,没有任何东西出现褶皱。

"小波,要迟到了!"楼下传来妈妈的催促声。

"来啦……"小波站起身来。

原本打算抓紧时间的,可到球场时还是晚了,垒球比赛已经开始了。

"羽村,你迟到了!"上田教练高声喊着,"围着球场跑三圈!"

"唉……"小波只好围着运动场跑。小波虽然不讨厌跑步,但跑得并不快。小波总觉得通过练习跑步,自己的垒球水平也会有所提高。在小波右转弯时,看到了站在场外草坪上的真麻。她正在那里悠闲地散步,并不时地看看练习的人们。但真麻却没有抬手和小波打招呼。按照教练的要求,小波跑完了三圈,这期间真麻仍在从左到右,从右到左地漫步。

投球练习的对手是同为四年级的女生美惠。美惠是二年级时进入球队的,她的姐姐里美也是在二年级时入队的,现在六年级的她已经是队里的投手了。虽说队中还有两名男投手,但每次比赛里美总在先发阵容里,每当她站在投手的位置时都会紧闭着嘴,一头短发让她看上去正气凛然。她投球的速度极快,远远超过了男生。在

そのぬくもりはきえない

小波参加训练的第一天,油光满面的教练就对大家说:"只有拼命练习,才可以不断进步,练就本领。即便是女生也可以成为好的投手,将来进入中学可以进学校的垒球部,到了高中时,如果所在的球队晋级,还可以参加全国高校对抗赛。"说完,他着重看了看小波。听到这些,小波反而感到了一丝担心。有谁能在众目睽睽之下迅速将球准确出手,这绝对不可能。当投手?那是自己从来就没有想过的事情。与其当投手,还不如击球。有时,小波还会想:自己到底为什么要打垒球呢?"没问题,一定可以打好的!"虽然妈妈在不断地鼓励她。可小波至今也不知道自己到底喜不喜欢垒球。

"羽村,跟你说过多少次了,投球不单单用手,还要用肩。"身后传来教练的声音。

小波确实想用肩膀投球,但令她不解的是,自己投出的球就像没头的苍蝇一样到处乱飞,而且投球的力量和速度也令人大失所望。美惠投出的球却可以直接落入小波的手套中。说实话,刚开始的时候小波都无法顺利地接住她的投球,最近已经进步了许多。

投球练习结束后是轻打练习,教练从旁边拿起一根球棒,按从高年级到低年级的顺序,每人击球二十次。在这期间,其他球员要全部分散到球场里充当捡球手。小波通常是在右外场担任捡球手的,高年级的都站在前

015　那份温暖永不散去

面,击出的球往往都被他们拿到,除非前面的人漏接才会轮到小波。小波看到真麻站在自己的身后,双手交叉专注地望着击球员。

球从来不朝小波的方向飞,所以她只好望着天空。风轻轻地吹拂着,一片白云飘然而至,头顶上方有一只鸟儿在飞翔,既不是乌鸦也不是秃鹫,比麻雀大得多,可能是白头鸟,或者是其他什么不知名的鸟。正当此时,只听"砰"的一声,垒球从击球区飞出,击出的球向小波这边飞来,小波紧握住手套快步向前跑。

"羽村,回来,回来!"听到教练的声音小波停住了,转瞬间球越过了她的头顶。垒球滚落到了真麻的前面,只见她飞身向前,快速将球拾起。正当小波准备伸手去接真麻的投球时,真麻却将球用力投出,球再次从小波的头上飞过直达二垒。

马上就轮到小波的击打练习了,她走进击球区。"那孩子你认识吗?"教练指着真麻问她。

"认识。"

"去问一下她想加入垒球队吗,她一直在看,而且投球很好,去帮我问一下。"

真麻依然站在球场对面,好像是等一旦再有球来,还会拾起投出。现在的她正朝本垒方向张望。

小波跑步来到真麻面前说道:"教练问你想加入垒

球队吗,还说你投球技术很好。"

"垒球?对不起,我对棒球、垒球什么的都不感兴趣。"真麻的目光始终朝着球场。真麻像什么也没有发生一样继续对小波说:"其实,我有件事想拜托你,所以才待在这儿等你,不过还是下次再说吧。"

"什么事?"

"我说过下次再说的。另外,精神不集中是接不到球的,刚才你在那儿望天了吧?"真麻的嘴角上翘着说道:"再见。"说罢,真麻转过身去,似乎在证明自己真的不喜欢垒球,然后步伐坚定地走了。

不喜欢?!为什么面对成年人的请求,真麻这么干脆地回绝了。小波又一想:能够这样直截了当地回话,可能也是一个不错的选择,小波目送着土坡上真麻渐行渐远的背影。

第三章

真麻的请求

"咣"的一声门被打开了,一只茶色的狗狗闯了进来,狗狗的脖子上系着粉色项圈,原来是真麻带着哈鲁来了。

"怎么,你真把狗狗带来了?它不会咬人吧。"木岛老师问道。

"哈鲁不会咬人。"

"名字叫哈鲁啊。"木岛老师侧过身子看了一眼狗狗。

绘画用纸已放到大家的桌子上了,绘画用具也准备齐全了,房间中央的桌子上摆放着仙人掌和灭火器,这是老师刚放上去的。大家猜今天可能是要画仙人掌和灭火器。

老师站起身来慢慢地走近哈鲁,伸手轻轻地抚摸了它一下,哈鲁一动不动。

"这只狗狗太可爱了。"

二年级的友森走上前去,"哈鲁。"他一边叫着名字,一边抚摸着它的头。哈鲁依然很老实。

"哈鲁。"当小波叫它时,哈鲁只是呆呆地看了一眼小波。小波站起身来走到哈鲁的面前,伸手抚摸着它那坚硬的前额。哈鲁张开了嘴,吐出舌头哈哈地喘息着。可能到了陌生的地方,哈鲁有些紧张,它的耳朵来回地扭动着。一旦有人活动,它会马上朝那个方向望去。

越来越多的孩子围住了哈鲁,"哈鲁,哈鲁。"大家不停地叫着哈鲁的名字,抚摸着它的后背和头。

"好了,我们不需要画灭火器了。今天我们就以狗狗为模特儿,画哈鲁吧。"木岛老师对大家说。

真麻没有带画具,她是在散步的途中被叫到这里的。真麻在小波的邻桌坐下说道:"借我画具用一下好吗?"真麻用借来的铅笔在纸上仔细地画着哈鲁。她毫不犹豫地下笔,甚至都不用橡皮修改。很快她就勾勒出哈鲁的脸、肩和前腿,但画中的狗狗一点儿都不像哈鲁。她笔下的狗狗看上去比哈鲁强壮得多,也年轻得多。小波画的是哈鲁站立时的全身像。画中的哈鲁,面朝前方。

哈鲁并没有一直坐在那里,它一边闻着房间里的味道,一边缓慢地走动起来。

慌忙中,有些孩子想捕捉哈鲁行走的姿态。"你总走我怎么画呀!"也有学生这样抱怨。

"快点儿画,画完了涂上颜色。"老师催促着没有画完的同学。在看完了真麻的画后,老师说道:"真不错啊!"

看看小波的只说了声:"好,现在开始上颜色吧。"

哈鲁走到了真麻的身边。

"哈鲁!"小波叫道。哈鲁却用尖锐的目光直视着小波。哈鲁的毛色虽说是浅茶色的,但颜色深浅不一,后背的中部还夹杂着深茶色的毛。

"那个……"真麻靠过身来,"上次我提过有事要拜托你……"

"什么事?"

"哈鲁的事。"她的声音很轻,"以前,我每天都要带它去散步。不过,现在每个星期五,我都不能带哈鲁散步了,你能替我吗?"

"我吗?"小波还真没想过这个问题。

"怎么样?"

"不过,你说过高岛家有幽灵?"小波问。

"是啊,你害怕了吗?"真麻托着腮歪过头看着小波。

"幽灵的事你是听谁说的?"

"没听谁说过。"

"那你是怎么知道的?"

"我自己发现的。"真麻看着地面,偷偷地笑起来。

此时,小波看见哈鲁正在闻桌腿,她想:不然就试试吧。

"怎么样,可以吗?"

そのぬくもりはきえない

小波还在犹豫,因为星期五有垒球练习,如果和妈妈说周五请假去带狗狗散步,妈妈肯定不允许。妈妈经常说:"学习是头等重要的事情,不能随便请假。已经定好的课程一定要去,因为这是你自己事先定好的。"妈妈绝对会这样说的。对此,自己该如何回答呢?小波不愿做妈妈说"不行"的事情,妈妈会干脆利落地为小波的任何事情给出自己的答案,也是唯一的答案。小波一向认为妈妈的答案都是正确的,自己完全可以接受,而且从来不去寻求其他答案,因为她知道自己无法找到更好的答案,妈妈比自己更了解自己。

小波又想:垒球练习以后带哈鲁散步也不是绝对不可以。

"想什么了?"

"可以的!"小波干脆地给出了答复。

"有一点我要告诉你,去高岛太太家的时候,一定要穿上件红色的衣服,因为红色很醒目,还很漂亮。"今天真麻果真穿着一条红裙子。

"知道了。"

真麻似乎已将哈鲁的模样印在了脑海里,她将茶色和黑色混在一起,不断涂着画上哈鲁的毛发颜色。接着,真麻为哈鲁画上了狼一般的眼睛和一条桃红色的舌头,就这样,哈鲁的画像完成了。

小波着重将狗狗的毛发表现出来，并将后背和肚皮上的毛发颜色加以区别，还为狗狗的前爪画了一点儿指甲。小波的绘画刚完成一半时，真麻却站了起来，同老师一起审视着大家的绘画。

"腿画粗一点儿就好了。"老师表扬了友森的画。

"没错，腿粗显得强壮。"一旁的真麻附和着，跟老师一样手叉着腰，评论着友森的画。

小波的画完成了，背景被涂成了绿色，哈鲁看上去像是正在原野中散步。虽然和真哈鲁不是很像，但小波自己很满意。

小波跟着真麻来到了高岛太太家。真麻利索地推开白色的木门走进了庭院。这里虽然离小波家很近，但这是她第一次走进高岛太太的家，院门至屋门口的地面上铺满了地砖，砖与砖之间长出了小草，院内几棵大树枝繁叶茂。地面上栽培的各种花草生机勃勃，窗前的藤枝更是节节高升，直至将窗户完全覆盖。

真麻按了门铃后，马上握住门把手将门拉开，哈鲁先进入了房间，其次是真麻，小波走在最后。

"我回来了。"真麻朝走廊方向说道，但无人应答。

走廊的边上有一个房间开着门，门口伸出一只手向这边挥了两三下又收了回去。

走进房间，真麻用抹布给哈鲁擦擦爪子，哈鲁已经

习惯了被真麻任意摆布,解下狗链后,哈鲁随意地在楼道里走着。

"等一下,这个还没收拾好呢。"真麻拿起装粪的塑料袋走进旁边的卫生间,一阵冲水声过后真麻走了出来。

"这边。"小波跟着真麻来到房间,虽然是白天,屋内却亮着灯,一位老婆婆坐在门边的椅子上。小波时不时会闻到一股杀虫剂的味道和一些煮东西的气味。

"高岛太太,这就是和您提起过的我的好朋友。"

高岛太太慢慢地转过头来看着小波,她那白色的头发柔软地披在肩上。

"您好!"小波礼貌地打着招呼。

高岛太太目不转睛地盯着小波,似乎回想起了什么。她用手捋了一下自己的头发。小波看到了高岛太太那布满皱纹的手,其中一根细细的手指上戴着一个镶嵌着宝石的戒指。她将连接着电视机的耳机摘下,电视中正播放着如何做菜的节目。

"她叫小波。"真麻说道。

"哦,去给哈鲁拿些水和狗粮。"高岛太太细声细语地说道。

"知道了。"真麻答应着来到了哈鲁的食盘前,哈鲁正在那里等着,她一边从柜子中取出狗粮一边对小波说道:"狗粮在这里,一次两杯。"她将狗粮倒进了哈鲁的食

盘里。

"先别动!"真麻命令道,"好了,吃吧。"

哈鲁匆匆站起跑到食盘前,"咔嚓咔嚓"地大口吃起来。

"还有一件事就是换水。"真麻将水碗里的水倒掉,再次注入新水。

"星期五我来不了,她会替我带哈鲁散步。"

"是吗,那拜托你了。"高岛太太依旧专注地凝视着小波,像是为她做体检一样。

"喝点儿茶吧。"高岛太太将摘下的耳机小心地放在桌子上,拿起拐杖缓慢地站起身来。

"真麻,你去把水烧开,我来拿茶杯。"高岛太太拄着拐杖缓缓地走到了厨柜旁边,然后打开柜门,慢慢地拿出了茶杯和托盘,茶杯上印着红色的玫瑰花。

水烧开后真麻将开水注入茶壶,高岛太太将桌上的沙漏翻转过来,沙子沙沙地落了下来。三个人坐在那里静静地等待着。

在微微泛黄的墙壁上,挂着一幅画着紫阳花的画。画似乎在那里挂了很长时间,画框的玻璃已经模糊不清了。窗户被藤枝遮掩得严严实实,窗帘虽然打开着却看不到外面的一点儿景色,房屋角落里放着一个古老的柜子,上面有一个镜台和一些化妆品瓶子。

"已经好了。"高岛太太看着沙漏说道,"散步三十分钟足够了,这孩子已经不想跑了。"

高岛太太的脸上显露出疲惫,颤颤巍巍地拿起茶杯,脸上没有一丝笑容。小波感到不解,请别人带自己的狗狗散步应该是一件很高兴的事啊。

"这只狗狗几岁了?"小波问道。

"它大概是1989年以后出生的吧。对了,你是哪家的孩子?"

"羽村家的。"

高岛太太点了点头。

"多大了?"

"九岁。"

高岛太太又点了点头。

"喝完红茶就回去吧。"高岛太太说道。

真麻站起身将茶杯放进了洗碗池。

"就放在那里吧,你们洗会碰坏杯子的,等一会儿吉原来了让她洗吧。"

高岛太太拿起桌上的钱包,从里面拿出一枚一百日元的硬币递给了真麻。

"谢谢!"真麻竟然收下了。

这是为什么?小波又不明白了。

真麻将钱放入口袋对小波说:"回去吧。"

第四章

探访爸爸

走进家门,小波听到缝纫机"嘎嗒嘎嗒"的响声。原来,妈妈正一边哼着小曲儿一边给小波缝制连衣裙呢,这次是粉红色的布料上印着黄色的小叶子。小波从小到大,无论是夏天的短裙,还是冬天的长裙,都是妈妈亲手缝制的。一年四季不用小波开口,只要衣服小了,即便是熬夜妈妈也会给她赶制。

"开始没想缝口袋,后来看到有多余的布还是给添上了,这样你就方便多了吧。"

"嗯。"

妈妈特别喜欢淡雅的颜色,所以小波的衣服大多是这类颜色。妈妈说过:"穿上颜色漂亮的衣服,人的心情可以变得更好。"妈妈有很多漂亮的衣服,如柠檬色的裙子、海蓝色的连衣裙和樱花色的羊毛衫……总之,妈妈有着自己独特的穿衣品位。

妈妈现在经营着一家裁缝店,这家店最初是外祖母

そのぬくもりはきえない

创建的,现在外祖母去世了,妈妈继承了下来,每天上午九点营业,晚上七点关门。妈妈很喜欢服装,她可以通过与顾客交谈,逐步了解她们的喜好,然后推荐适合她们的服装以博取她们的欢心。

"参观日那天,我看到了春奈画的《桥》,她观察得好细致啊,画得更是非常棒。"妈妈一边穿针引线一边说道。学校组织的每一个参观日,妈妈都会将店里的事情托付给加美阿姨。有一次友绘对小波说:"你妈妈可真时髦,连香水的味道都很好闻。"其实小波也这样认为。

"春奈如果能去绘画教室学习,说不定画得更好呢。"妈妈说道。

"嗯,春奈正在学习钢琴。"

"是吗,这孩子什么都行。原来我也想过让你学钢琴,可是你爸爸却说:'钢琴不是简简单单就能学会的,每天的练习谁来管?'结果就没有让你学。一直到现在我还后悔呢,不管是什么乐器只要会简单的演奏就行。小波,想不想试试钢琴或者手风琴?从现在开始学也不晚的。"

"这个……妈妈,高岛太太,一直是一个人吗?"小波小心翼翼地问道,不过带狗狗散步的事情她没敢提起。

"你说的是路那边的高岛家吗?你认识高岛太太吗?"

"前几天我去过她家。"

"你干什么去了?"妈妈停下缝纫机,直视着小波,那

是一种平时经常可以看到的,能够窥视到小波内心的目光。小波眨了眨眼。

"和真麻一起去的。"小波心虚地眨着眼睛。

"和真麻?是上次到绘画教室的那个孩子吗?"妈妈的缝纫机又开始转动了。

"高岛太太家只有她一个人吗?"

"是呀,高岛太太的丈夫很早就去世了,她的腿脚不太好,所以找了一个用人照顾她。对了,你们到高岛太太家干什么去了?"

"到那里喝红茶。"

"这样可不好!跑到别人的家里去,那会给人添麻烦的。"

"高岛太太始终是一个人吗?她就没有朋友吗?"

"是呀,她从来不和附近的邻居们来往。好了好了,总之以后不要去就是了。"妈妈将布料从缝纫机中拉了出来,并用剪刀剪断了线。

"知道了。"小波回答着,心里有些忐忑。

"辅导班的事怎么样了,想明白了吗?"妈妈突然转换了话题。

原来,妈妈打算把现有的星期二和星期四的辅导班取消,改为一个星期去三次的辅导班。

"星期六上完绘画课,赶过去上辅导班一定来得及。

耕平就是从四年级开始去的,春奈现在不也在那儿上课吗?"

"嗯。"

原来,春奈上的辅导班叫作"荣光辅导班",上课地点在一座豪华的高楼,那儿的老师都出自名牌大学,那儿的学费每个月就要四万日元,拿春奈的话说:"学费的确有些贵。"

妈妈真的希望小波能进私立中学。小波现在所在的学校每年都有十几个人去报考,但真正考上的只有一两个人。不过,小波的哥哥就考上了。当初辅导班的老师曾让哥哥放弃垒球专心学习,但哥哥不愿意放弃。为此,直至今天哥哥每天都要学到夜里一点钟。小波怀疑自己能否像哥哥那样刻苦。

"不管什么地方,都要去试一试。听说那里的老师都非常优秀,为人温柔、亲切。小波,你要知道,学习这件事是充满竞争的,考不考试先另当别论,你至少要有一个目标。"

吃晚饭的时候,哥哥没有吃生鱼片。

"为什么不吃?"妈妈生气地问道。

"我对生鱼片不感兴趣。"

"你不是喜欢吃生鱼片吗?你从五岁开始就非常喜欢生鱼片,而且每次吃都没有剩下过。这孩子,你也变得和

你爸爸一样嘴刁了吗？"

"实在不想吃。"哥哥望着窗外。

"不吃不行！"

"吃生的东西我会恶心，尤其是生鱼片。"

哥哥能说出这样的话，令小波十分震惊。

"那你给小波吧。"

在妈妈的再三命令下，哥哥不情愿地吃了一片，然后把剩下的生鱼片全部推到了小波面前。小波用了很长时间，才将自己和哥哥的两份生鱼片全部吃完。

妈妈平时对子女的饮食营养格外注意，"不许偏食，不许剩饭，吃什么东西必须充分咀嚼后再咽！"诸如此类的话小波和哥哥从小到大不知听了多少遍。所以，小波已经非常习惯给什么吃什么了，从来不说我讨厌这种东西。

说实话，小波并不喜欢绿豆饭和奶油炸肉饼，但只要妈妈将它们摆上饭桌她还是会吃的，而且会吃得一点儿都不剩。在学校吃午饭也是如此。现在不吃鱼、不吃鸡的孩子多得是，但小波什么都吃，而且不管好吃与否从不剩饭。因为只有全部吃光她才会有如释重负的感觉。

小波记得爸爸最不喜欢吃鸡肉。如果家里吃炸鸡块的话，就要给爸爸另外做些菜。即使是吃鸡肉盖饭，爸爸也会把里面的小块鸡肉挑出来，放在小波的碗里。

そのぬくもりはきえない

"不许挑食。"小波的话刚说完,爸爸就会笑着说,"所以你爸爸到今天也没长高。"

很长时间没见到爸爸了,上一次见面还是在一年前的暑假。妈妈带着小波坐新干线去看爸爸。最初的计划是让哥哥带小波去,但妈妈想让哥哥多些时间看书,又不放心小波自己一个人去,所以小波就由妈妈带着去了。爸爸到新干线的车站来接她,妈妈将小波交给爸爸后直接返回。

上了电车后,爸爸马上告诉小波:"槿阿姨生了一个小宝宝。"爸爸仿佛在公开什么秘密。其实,这件事小波早就听妈妈说了,妈妈还说照看一个婴儿非常难,并告诉小波只住一晚,转天马上回来。

"小宝宝叫什么名字?"

"叫真,真实的真,听上去很阳刚吧。"

真刚刚满三个月。爸爸说槿阿姨因为要照看真,所以没来接小波。还说,槿阿姨对小波的到来还是非常高兴的。

到了爸爸的公寓一看,婴儿用品被堆得到处都是,件件都是崭新的。真穿着一件质地上乘的白色宝宝装,槿阿姨把他抱在怀里。他的小脸胖嘟嘟的,小嘴红得像颗樱桃。

"太可爱了!"小波从没见过这么小的婴儿。

"想抱一下吗?"槿阿姨笑着问。

小波马上伸出了双手。槿阿姨将真放在上面,指导小波用一只手护住孩子的脖子,另一只手托住身子。就这样,小波终于把真抱了起来。

第二天,爸爸送小波去乘新干线。后来,寒假时,爸爸又邀小波和哥哥去他那里玩,但由于真突然发烧,计划被迫取消了。

爸爸和妈妈刚离婚时,爸爸每个月都会给小波和哥哥打电话,从小到大爸爸都会送给他们生日礼物和圣诞礼物,一直不曾间断过。但小波现在突然感到电话的间隔被拉长了许多。虽然小波非常想念爸爸,但总感觉现在的爸爸已经将心完全交付给了真,爸爸再也不是以前的爸爸了,他正在一步步地走远……

四年前的那个星期天的晚上,爸爸搬出了这个家。那天晚饭时,爸爸独自笑着,冲着哥哥和小波说了好几次:"加油!加油呀!我们还会见面的,什么时候都可以来玩儿。"哥哥也答应了爸爸:"加油!"小波非常纳闷,为什么爸爸说了这么多遍加油鼓劲儿的话,这不是运动会或者爬山时说的话嘛,可现在是吃饭时间呢……

"您的新家离这儿很远吗?"小波问。

"不远,乘新干线很快就到,就像住在隔壁一样。"爸爸轻松地回答道。

小波不明白那晚爸爸为什么这样笑,笑容里好像有一丝如释重负的意味。"您还会回来吗?"

爸爸歪着头又笑了:"是呀,还会来的。"

妈妈和外祖母都沉默不语。爸爸只拿了一只黑色的旅行包,说了声"再见"就离开了家。

"下周去辅导班吗?"妈妈的话把小波从记忆里拉了回来。

小波感觉自己心里发紧,吭都没吭一声。她想:这么多东西怎么能一下子全学会呢?不过,这可是妈妈决定的事,妈妈希望自己做的事,不去做肯定是行不通的。

"喂,不愿意吗?为什么?"妈妈目不转睛地盯着小波的眼睛,好像一下子看到小波的心里去了。

"不知道。"小波闭着眼睛。

"你不想和哥哥一样读光洋中学?"

"我可能不行。"小波觉得自己的分数那么差,根本就不可能。

"为什么?不试一下怎么会知道?小波会进步的,绝对会有进步的。如果做事之前就选择放弃,妈妈会生气的。"

从这话中就可以听出妈妈真的生气了,而且目光中还饱含着一丝哀伤。看到这种表情,小波立刻感到内心无比痛苦,好像自己做了一件天大的错事。突然之间,无助和失落交织在一起涌上了她的心头,她感到妈妈好像也要抛下自己远去了。内心的不安犹如一片厚厚的乌云笼罩着小波,压得自己喘不上气来。自己为什么要说不行呢?小波马上就后悔了。

"我去!"小波已经无路可退了。

"是吗?太好啦,不去做怎么知道结果?去看看,就当作一个挑战。"妈妈高兴地点着头。

看到妈妈的笑脸小波才放下心来。

"到了那儿,你很快就会交上新朋友的!"

"嗯。"小波点了点头。

第五章

二楼的"幽灵"

结束了垒球训练课,小波骑上自行车向高岛太太家奔去,想到哈鲁正等着自己,小波骑得更快了,即便上坡很费力,她也丝毫不敢放慢速度。

总算来到高岛太太家了,在茂密大树的遮挡下,庭院已经变得有些昏暗了。小波径直走到房间门口,轻轻按了一下门铃,过了好久,高岛太太依然没有出来。小波后退了一步,环视着庭院的四周,她听到藤棚下面的洞穴里发出虫子的鸣叫声。小波再次按响了门铃,但屋内仍没有任何动静。难道今天不是带狗狗散步的日子吗?是不是高岛太太出去了?如果家中无人的话,哈鲁怎么办?它只能独自待在那黑暗的房间中,等高岛太太回来。犹豫之间,她听到从房间里传来的声音,声音越来越近,最后房门终于被打开了。高岛太太身穿一件茶色的羊毛衫,拄着手杖站在门口,旁边蹲着哈鲁。

"下次来时,自己开门进来,我走到这里也不是件容

易的事。"高岛太太手扶着腰喘了口大气,她的身子向右倾斜,看起来完全是在依靠着手杖支撑着整个身体。"知道了。""这孩子一直在等你。"小波看到哈鲁正伸着舌头,抬头看着自己。高岛太太将微微颤抖的手放在胸前,好像在强忍着疼痛。她的脸上没有一丝笑容。"到哪里散步好呢?"小波问道。"什么地方都行,现在已经晚了,不要走得太远。"高岛太太说话时不断地晃着头,好像不这样就说不出来话似的。随后,她转过身,哆哆嗦嗦地取下挂在墙上的狗链,一个简单的动作却费了半天劲。"汪——"哈鲁叫了一声晃动着身体,看来它已经知道要出去散步了。高岛太太将粉红色的狗链递给小波,小波随手将狗链套在了哈鲁的脖子上。"别忘了塑料袋。"小波从墙边拿了一只塑料袋并将铁锹放在了里面。这时,哈鲁一下子越过小波朝大门跑去,之后又回头用催促的眼神望了望小波。

　　小波关上院门和哈鲁的一起来到了大街上。哈鲁漫不经心地走着,逐一闻着电线灯杆和路边的小草,闻后还会抬起腿撒尿。哈鲁走在小波的前面,走路时它的毛和尾巴在不断地摇动着。开始时,小波有点儿紧张,抓住狗链紧紧不放。后来,她看到哈鲁没有要逃走的迹象,才逐渐放松了下来。

　　走着走着,小波想:假如这只狗狗属于我,那我就可

そのぬくもりはきえない

以一直和它在一起了,无论是在庭院或者在家中。白天我可以带着它四处游玩儿,晚上可以和它一起睡。那将会是一种怎样的心情啊!"哈鲁。"小波叫着。哈鲁动了动耳朵,它正专心地闻着地上的味道,根本没有抬头看小波。

小波带着哈鲁朝前面的公园走去,公园里空无一人,只有一张长椅和一座滑梯。哈鲁依然闻这儿闻那儿,小波听着从四面八方传来的各种昆虫的鸣叫声。不知不觉中,太阳已经落山了,天空留下一抹淡蓝色的光亮。这是小波有生以来第一次带着狗狗散步,她原以为带狗狗散步,不是跑就是跳,可年迈的哈鲁别说跳了,连跑都不可能了。在一棵粗大的树根下,哈鲁拉了便便。小波用铁锹将其铲进塑料袋里。显然,小波并不讨厌为哈鲁这样服务。

在公园里转了三四圈后,小波决定带哈鲁回家,因为高岛太太嘱咐过不要走得太远。望着渐黑的天空,小波心中掠过了一阵不安,她担心这一切会被妈妈知道。

将哈鲁带回家后,小波像真麻那样,用抹布给哈鲁擦了脚,解下狗链后又处理了粪便。小波来到里屋,见高岛太太正坐在靠背椅子上。哈鲁走到高岛太太身边,摇着尾巴抬头望着她。高岛太太缓慢地伸出手轻抚着哈鲁的身体。

"狗粮呢?"高岛太太细声细气地说道。

"哦。"小波按真麻教给她的方法将两杯狗粮倒入了食碟中。

哈鲁正要靠近,"先别动!"小波模仿着真麻的口气说道,"好了。"小波随后又将水换掉。

"看到桌上放着的一百日元了吗?"高岛太太问道。

"是的。"

"你拿去吧。"

"不用。"小波略带吃惊地回绝道。

"我也给那个孩子了。"

"我不要。"小波的自尊心好像受到了伤害,因为她从来就没想过把这件事和钱联系起来。

听到小波的话,高岛太太疑惑地盯着小波。

"真的不要吗?"

"是的,不要!"

"是这样,我还有件事让你去做。你上二楼去把沙漏给我拿下来,一直用的那个今天早晨被我弄坏了。没有它,红茶就泡不好,二楼还有一个,这样大小。"高岛太太伸出她那瘦骨嶙峋的手比划着。

听到要上二楼,小波有些恐惧,她想找个借口推辞掉,可又一时想不出来。

"我的腿脚不好,没有办法上楼梯,去,快去啊!"高岛

太太用似乎能把小波推出房间的语气说道。

"好吧……"小波无法拒绝,只希望快去快回。现在还不到七点,幽灵大概不会出现的。

"上面有两个房间,右边那间是和室①,进去后,用眼一扫你就能找到。"

"好的。"小波战战兢兢地走上楼去。

二楼比想象中的还要昏暗些,正面是一个小窗户,微弱的光从窗口射进来。右手边是一扇门,左手边是一个隔扇拉门。小波来到拉门前,鼓足勇气将门打开。房间内光线昏暗,只有窗边透进一丝光亮。突然,小波看见房间的中央有一根灯绳,她立即拉了下灯绳。

灯光下小波看到的是再寻常不过的房间了:墙上摆放着装饰柜和镜台,镜台下放了一张座桌,对面是一个衣柜,屋内到处都落着灰,看上去很长时间没有人进来过了。装饰柜上摆放着一只白色的壶和一个玻璃花瓶,衣柜那边摆放着人偶、小提灯等,沙漏正好在它旁边。小波拿上沙漏关了灯,马上离开了房间。

刚走到楼梯旁,小波忽然听到从对面屋里传出了沙沙声,好像是刮什么东西发出的声音。小波低下头静静地听着,但这会儿又好像什么声音都没有了。小波紧盯

---

①和室:典型的日式房间,由隔扇分开,地上铺有榻榻米。

着那扇门，心里不断告诉自己：哪有什么幽灵，不会有的，不可能有的。她反复告诫自己的同时，却将手伸向了那扇门。

小波屏住呼吸打开了房门，她紧握住门把手没有放开，从门缝向里面张望。啊?!窗户旁边的人是谁?小波清清楚楚地看到一个人，那是一个和自己年龄相仿的小男孩儿。他身穿一件蓝色睡衣坐在窗前的床上，驼着背双手捧着一本打开的书，专注地看着。那孩子突然将目光移开书本，转过头朝门的方向看过来。他看到了正在门缝处偷窥的小波，那个孩子露出惊讶的神情。小波急忙将门关上，慌忙地冲下楼梯，一路小跑地回到厨房。

高岛太太仍旧戴着耳机在看电视，一旁的哈鲁在假寐。

"给您。"小波将沙漏递给高岛太太。

高岛太太注视着沙漏，然后抬起头来说："以后，不许在走廊里跑！"

"好的。"

"以后，那个孩子不来的时候，你能来吗?"

"可以。"

"你是羽村家的孩子?"

"是的。"

"有兄弟姐妹吗?"

"有一个哥哥。"

"是呀,你们小时候的样子我现在还记得,你哥哥经常在马路上和你爸爸练习投球。"高岛太太眼都不眨地盯着小波说道,"以后要早一点儿来,别等到这么晚。"

"好的。"

"你可以回去了。"高岛太太又将目光转向了电视机。

"对了,二楼的那个孩子是谁?"小波问。

高岛太太侧过脸看着小波:"你说什么?"

"二楼的孩子。"

"二楼的孩子?"高岛太太慢慢地抬起手,挥了几下说,"快回家去吧。"

"哦。"小波摸了一下哈鲁的头,说了声"再见"后,走向门口。她还是忍不住回头向二楼望去,窗户是黑的,完全看不出会有人住在那里。

第六章

令人烦恼的辅导班

今天是小波第二次来辅导班。还记得第一天的时候,妈妈特地同数学老师进行了交谈。

"没问题,刚上四年级,时间绰绰有余。"戴着红色耳环的大桥老师笑着说道,"不过,学习要一气呵成,不能半途而废,一旦中断就会将理解的东西全部忘掉,而且,保持规律的生活节奏尤其重要。我希望你能定好起居时间,尽量少看电视。"

"是的。"小波答应道。

"在学习中有什么不懂的问题尽管问我。"

因为是插班生,很多问题小波都不会。老师会耐心地安慰小波:"先思考一下再说。"听到这样的话,小波觉得脑中更是一片空白了。老师又改变了提问,让她回答稍微简单些的问题。可是,在众目睽睽之下,小波觉得很紧张,根本茫无头绪。老师只好提出更加简单的问题,接近一、二年级水平的题目。小波明白老师的目的,老师是

そのぬくもりはきえない

想让小波能够自己做出回答。可小波即便知道答案，也不知道如何表达，她只好一言不发，其他同学纷纷举起手来，老师依然看着小波。要知道，小波现在最大的愿望就是可以马上坐下。老师好不容易说了声："好了，坐下吧。"小波这才松了一口气。

小波在想：怎样做才能赶上大家呢？怎样才能像其他人一样自由地发表观点、意见，和朋友们一起玩耍，相互竞争，相互开玩笑呢？其他同学怎么就能那么游刃有余地回答各种问题呢？

"好了，大家把笔放下。"大桥老师发话了。

"都搞清楚了吗？"老师站在黑板前问着孩子们。

"其实不难，乌鸦和猫一共十二只，乌鸦和猫的脚一共三十只，问题是：乌鸦和猫各有几只？关键是乌鸦有两只脚，猫有四只脚。在这里，第一反应是最关键的，谁如果发现了这一点，问题就会变得非常简单。我们首先要想到的是，将猫的脚减去两只，对吗？这样乌鸦和猫全部变成两只脚了。两只脚的一共十二只，就是说二乘以十二吧，是二十四，对吗？但是它们一共有三十只脚，现在还差六只，那么这六只脚哪里去了呢，因为我们刚才减了猫的两只脚，六除以二是三，所以说，猫是三只。这样一来乌鸦呢？没错，就是九只。"

小波越听越摸不着头脑，她看了眼坐在侧前方的友

绘。

友绘经常和春奈一起玩,无论是上学,还是放假。春奈有时也会和其他同学在一起,但在春奈的圈子里绝对少不了友绘,在小波看来是友绘死缠着春奈。不过在辅导班里,友绘和自己的关系比想象中的要差很远。友绘回头时,看到了小波,她会心地笑了一下。

老师又发了一张卷子。

乘除法的简单运算对小波来说不成问题,不过随后的问题真让她犹如跌进了云里雾里。"两种煎饼的价格分别是四十日元和六十日元,某人一共买了十五张煎饼,总共花了七百日元,请问此人每种煎饼各买了多少张?"小波真的是晕头转向了。

不知怎么的,她忽然想到了高岛太太家二楼的那个男孩儿。

放学后,小波来到高岛太太家门前,望着二楼的窗户,窗框的涂料已经完全剥落了,两个窗户都用窗帘遮得严严实实的。这是一座老式风格的建筑,看上去整栋房子就好像沉睡了一般。

"今天是我的班。"小波回头一看是真麻,她身穿一件红色的短袖衬衣,双手交叉地站在那里。

"看什么呢?二楼?是不是担心有幽灵?"真麻嘲笑地说。

そのぬくもりはきえない

"二楼有个男孩儿。"小波感觉那不是一个幽灵,只是一个普通的男孩儿而已。

"男孩儿?可根本不存在什么男孩儿啊。"真麻瞄了一眼小波,抬头向二楼望去,"不会有吧。"

"不对,有!他正在看书呢。"

"你想骗我吗?你想说幽灵出现了是吗?人们常说的幽灵可不是你说的那样。"

小波想自己该如何跟真麻解释呢,自己确实看到那儿有一个男孩儿。

"为什么要说谎?"

小波默不作声,但心里很不服气。

"喂!那天你穿红色的衣服了吗?"

"没有。因为刚刚练球回来,所以穿的是队服。"

"那队服上有红颜色吗?"

"没有。"

"难怪。"真麻仍旧双手交叉,沉默着托着下巴,好像在想什么,最后她开口道,"我跟你说过了,到高岛太太家去的时候,一定要穿件红色的衣服,不然真的会遇上幽灵!"

"嗯。对了,为什么你星期五不能带哈鲁散步?"小波问。

"我要去别处打工。"真麻望着远方的土坡说道。

小波想：自己和真麻只差一岁，但感觉上真麻比自己成熟多了，不单在身高方面，似乎真麻的身体里有一个藏满了秘密的口袋，那里有许多小波无法了解也无法完成的东西。

"我家附近有个大井婆婆，每周五都要去买东西，她和高岛太太一样也是腿脚不方便，拿不了重东西。"

"哦。"

"我找她们要钱，你觉得奇怪吗？"

"啊？！为什么要人家的钱？"

"我之所以这样做，是想让她们心理平衡。因为她们付出了报酬，心里没了亏欠感，就可以爽快地提出要求了，明白了吧。"

"哦。"

"听好了，下次一定要穿件红色或深色的衣服。"真麻用一种责怪的目光上下审视着身穿白夹克和柠檬色裙子的小波。"黑色、紫色都可以。总之，穿你这种浅色衣服的人，一定会输给幽灵的！"

不过说实话，小波根本就没有红色的裙子。

"穿上那些颜色的衣服，你就不用害怕了。"真麻将双手插入口袋。

"嗯。"被真麻这么一说，小波还真觉得自己有些反常，比如，经常心慌。

そのぬくもりはきえない

"高岛太太家的二楼,你上去过吗?"小波问。

"去过呀。"

"没有碰到幽灵吗?"

"因为我当时穿了红衣服,所以它没敢出来。上次你没穿红色衣服,幽灵也没出来,只是你运气好罢了。"

"幽灵什么时候会出现?"

"这事谁知道。"

"不行,我该走了,哈鲁还在等我呢。"真麻说道。

真麻刚走了几步,突然停住脚步回过头来说:"以后要是有什么事找我,可以给我打电话。"

"你的手机号是多少?"

"我没有手机。记住,给我家打电话时,响一声你就挂上,然后再打一次响一声挂上,接着再打一次。明白吗?"

"知道了。"

真麻说完自己家的电话号码,便走进了高岛太太家。

辅导班下课后,小波同妈妈走到了停车场。

"出什么事了?"刚坐上车,小波就问道。

"没事,没事。"

妈妈一边启动车子一边说道:"在新学校,开始时都会有些困难,不过很快就会过去的。"

"嗯。"

小波想：什么时候自己在拿到卷子后、可以不费吹灰之力地完成呢？这一天真是可望而不可即啊！

"友绘也来了吧。"

"来了。"

"你们如果能一起考上光洋中学就太好了。"妈妈的声音格外响亮。

小波想：话虽这么说，但自己现在还没把乌鸦脚和猫脚的问题搞清楚呢，煎饼的问题更是笔糊涂账。这都是谁出的难题呀！真奇怪，这个人怎么能想出这些稀奇古怪的问题呢？

"你一定行的，妈妈相信你。"妈妈一边开车一边说，"小波，你将来想做什么？"

"您是说我长大以后？"

"是呀，上幼儿园的时候，你说要开个糖果店。"

"是真的吗？"

"是啊。妈妈像你这么大时，想长大后成为一名服装设计师，设计出各种各样的服装，那种每个人都憧憬的服装，再让一流的模特穿上它走上舞台去展示。想法是不错，但最后还是没能成功。"

"为什么？"

"我也不知道。不过，我倒并不讨厌现在的工作，只是希望你将来能有个自己喜欢的工作。妈妈希望你有自己

の梦想,一个人只有拥有梦想,活着才会快乐。"

"嗯。"

"怎么,有什么想法了吗?"

小波想来想去也没个结果。

"要不就当一名兽医吧。"小波试探着说道。因为她觉得能给生病的小猫呀小狗呀治病,也是件不错的工作。

"当兽医吗?很好啊,能行,一定能行,不过,听说资格考试会非常难。好了,咱们言归正传,还是努力考进光洋中学吧。"妈妈用鼓励的语气说道。

就这样,小波的宠物医生梦想一瞬间荡然无存。小波觉得自己可能任何事情都不会干,因为自己不会像其他孩子那样能干;自己也无法达成妈妈的愿望,自己终将会一事无成。小波望着远方的天空,迷惘地看着挂在天边的那一弯新月。

晚饭过后,小波将用过的餐具放进了水池,然后立刻穿鞋走出了家门。黑暗的街道上空无一人,远处微弱的路灯隐隐约约地照在路面上。小波向下坡走去,她感觉此时自己的脚步声格外响。走着走着,小波不知不觉地又走到了高岛太太家的门口。高岛太太家的庭院依然寂静无声,隐约的光亮穿过茂密的树木照在地上,那是厨房的灯光。小波抬头看了眼二楼,那里漆黑一片。她轻轻地推开院门,蹑手蹑脚地来到藤棚下,看到屋内高岛

太太正独自一人坐在椅子上，哈鲁则在一旁打瞌睡。小波并没有看到那个男孩儿的身影，看来高岛太太的确是独自一人生活。高岛太太戴着耳机正在看电视，她的脸上流露出的不只是孤独和寂寞，小波感到她好像还在强烈地忍着什么。难道高岛太太每天都一个人看电视吗？这是一种什么样的感受啊？小波站在外面看了好一会儿才回家。这期间，高岛太太除了抬起手将耳机重新放好以外，什么都没做。

"哥哥，你觉得幽灵存在吗？"小波刚一回家就忙着问道。

哥哥刚吃过晚饭，正坐在客厅里看电视，妈妈则在隔壁的房间里踩着缝纫机。

"幽灵，怎么说呢，好像在某种特定的情况下，人们才可以看到它。"哥哥回答道。

小波原以为哥哥肯定会说："没有。"但听了哥哥的回答，小波产生了一丝畏惧。

"那幽灵会在什么地方出现呢？"

"你认为它存在，它才会存在。好比说外祖母，如果你觉得她还活着，你就绝对不会害怕。不过，即使你真的见到了，那也只能说明你太想念她了。"

小波现在仍然感觉外祖母并没有离开自己。初春时，外祖母在店里病倒了，虽然马上被送进了医院，但两

そのぬくもりはきえない

小时后还是去世了。前一天还非常硬朗的外祖母就这样离开了大家,小波始终忘不了外祖母那慈祥的面容。

"不过,幽灵一旦出现可太吓人了。"在小波看来,幽灵真的存在。

"当时听到外祖母去世,我实在没法相信,看到外祖母停止呼吸躺在那里,我根本无法接受。"哥哥说道。

"嗯。"

想到死亡,小波觉得很神秘:外祖母事先知道自己会死吗?还是在毫无预感的情况下,她就那样死去了呢?

"在我们这个世界上逝去的人,都会到那边去。"哥哥一边看电视,一边用手指敲打着沙发说,"不仅是人类,许多死掉的动物也会去那边。"

"很多吗?"

"多得不得了。"

小波看着哥哥的侧脸,发现哥哥好像和以前不一样了,更像一个大人了。

"喂,你今天为什么提起这事,你见过幽灵吗?"哥哥回过头笑着问道,他的笑有些怪怪的。

小波陷入沉默,那个孩子的事能和哥哥说吗?

"小心一点儿吧,因为谁要是想见幽灵,不一定什么时候就会真的撞上了。"哥哥哈哈地笑了。

第七章

"幽灵"再现

　　今天，球队要分组进行男女对抗赛。第二局结束时，小波走向教练说："今天我想早点儿回去。"放学回家的路上小波想：上次高岛太太说过，让自己早点儿来。那么垒球练习怎么办呢？干脆就不去了？这样的事我可做不到，但高岛太太会时刻地盯着钟表等着我。小波边走边想时，妈妈的短信来了。"学校的事怎么样了，练球别迟到。""知道了。"小波不假思索地马上回信。因为如果不及时回的话，就会再次收到妈妈的短信。

　　练习赛时，小波满脑子全是"怎么办？怎么办？"她迷迷糊糊地站在垒上。突然，一个球飞来打在她的腰上，小波痛得弯下腰，流出了眼泪。教练说："有哪个孩子会因为死球而哭鼻子？！"因为这个死球，小波被迫下垒，想到刚才那种被羞辱的心情，小波当即决定：今天我要早退逃课！

　　"怎么了？刚才的球打痛你了吗？就因为这个你想早

退?"教练直截了当地问道。

"不是,我要去医院。"

"是哪里不舒服吗?"

"耳朵,我的耳朵痛。"就这样,小波说了谎。其实,并非她有意说谎,只是一不留神谎话就脱口而出罢了。

"耳朵痛?那可就没办法了。"教练瞥了一眼她的耳朵,好像识出了破绽,但还是答应了。

带哈鲁散步回家后,小波又帮哈鲁擦了脚,处理了粪便,然后来到了厨房。

"喂点儿狗粮和水吗?"小波客气地问道。

"嗯,你辛苦啦。"高岛太太依旧坐在椅子上看电视,"对了,还有件事情想请你帮忙。"

"什么事?"

"你去二楼阳台把洗好的东西拿下来,吉原说她七点左右过来,好不容易洗好的东西,别再给弄脏了。"

听到要上二楼,小波顿时有些慌张。想到二楼那个房间里的事情,她的脑袋一下子就混乱起来。自己前几天确实看见了一个男孩儿,但随着时间的推移,小波觉得或许那是一种错觉,或许那里根本没有任何人……小波最终还是答应了高岛太太的要求。

穿过走廊,小波顺着楼梯上了二楼。二楼依然非常昏暗,她在楼梯边的门前站了一下,仿佛想听到些什么,但是没有任何声响,随后她轻手轻脚地走向了阳台。洗好的东西只有毛巾和两三件内衣,小波拿完东西立马走回了楼道。她考虑该不该做自己想做的事。一旦推开这扇门,自己就可以确认一切了。小波握住门把手一下子将门推开了。

"谁?"房间里传出了声音。

小波大吃一惊,果然有人!

"是谁啊?"是那个男孩儿的声音。

"对不起!"小波答道。

那个男孩儿同样很吃惊。他和上次一样,穿着蓝色的睡衣坐在窗前的床上。

"你是谁?"

"我叫羽村波。"

"你是哪个班的?"

"四年二班。"

"哦。"那个男孩儿闭上了嘴,又扭了扭头。

房间内有桌子和书架,还有一架钢琴。

"你生病了吗?"小波问道。

"骨折。"男孩儿掀开被子,他的膝盖下面被一些白色的东西包裹着。

"这是什么?"

"是绷带。有事情找我吗?"男孩儿用警惕的目光看着

そのぬくもりはきえない

小波。

"没有,我只是来带哈鲁散步的。"

"哈鲁?"

"就是高岛太太的狗狗。"

"哦,它不叫哈鲁,那是我的狗狗小年。"男孩儿说完又将头歪过去了。

小波觉得:明明是叫哈鲁呀,高岛太太也是这样叫的。但听到男孩儿如此干脆肯定,她也没多做反驳。

"你休学了吗?"

"嗯。"男孩儿没有朝小波这里看。

小波感觉,自己的突然闯入好像给别人添了麻烦,她抱着洗好的衣服一步步向后退着。

"我不是特别想去上学。"男孩儿一边折纸一边说,让人感觉他有些不快。

"哦。"

"这是个纸飞机。"说着,男孩儿用力将纸飞机扔了出去,纸飞机围着房间转了一大圈,最后落到小波脚前。

"飞得真棒!"

"当然喽。"

小波放下手中的东西,捡起地上的纸飞机投了回去,她本想扔向那个男孩儿,但纸飞机却倾斜穿过房间,落在了床腿附近。

"飞得不错吧。"小波说道。

"你要不要叠一下试试。"男孩儿将一张纸递给了小波,那是一张夹在报纸中的方形广告纸。

小波接过纸,在地毯上叠起飞机来。虽然她不知道怎样叠才能飞得更好,但她还是用力压好折叠处,叠好后她将纸飞机扔了出去,她原以为会飞得很远,不料纸飞机起飞后却一头栽在了地上。屋内到处都是落下的纸飞机。

"怎样叠才能飞得那么好?"

"掌握好折叠的方法就可以。"男孩儿依旧没看小波,他那被绷带包裹着的腿显得又白又粗。

小波拾起散落的纸飞机递给了男孩儿。

"你打棒球吗?"男孩儿指着小波身上的队服问道。

"不是棒球,是垒球。"

"难道女孩儿……"

"女孩儿也能打垒球啊,现在玩垒球的孩子可多了。"

"哦,今天你有比赛吗?"

"只是练习赛,不过,我中途就回来了。"

"逃课了吧?"

小波没有回答。

"行了,肯定是逃课了。"男孩儿干脆地说道。

"你现在几年级?"小波问道。

そのぬくもりはきえない

"四年级。"

"你叫什么名字?"小波突然感觉自己好像问了一个不该问的问题。

"高岛朝夫。"男孩儿直截了当地回答道。

"对了,我们来玩儿叠纸吧。我会叠牵牛花哟。"小波说完麻利地叠好了一朵牵牛花。

"太棒啦!"朝夫全神贯注看着小波的双手说道。

小波显得格外开心,朝夫的一句肯定,好像唤醒了身体中那个自信的另外一个自己。小波又拿了一张纸慢慢地叠了起来,朝夫也学着小波的样子,在床上叠起来。

"我来叠个企鹅吧。"

"叠企鹅的话,如果不把折叠的地方用力压好,折出的企鹅就无法站立。"

"知道了。首先做头,再做羽毛,最后制作企鹅的脚,对吧。"朝夫像折纸飞机一样小心翼翼地叠着。

朝夫做成的企鹅,虽然头大脚大,但还是可以站立的。小波用蜡笔画出企鹅的一只眼睛,朝夫又画出了另一只眼睛。

"很像狗熊。"说着,朝夫将蜡笔放在了自己的腿上,"叠只猫怎么样?"

"猫我可不会叠。"这时,小波忽然意识到时间不早了。

那份温暖永不散去

"啊,我该回家了。"小波站了起来。

"家?你的家在哪里?"

"很近,就在前面。"

"你在说谎。"朝夫转着眼睛说道。

"我没有说谎!"

"嗯?"朝夫挽起了睡衣的袖口。

"再见!"小波抱起放在门口的衣物走出了房间,轻轻关上门后,她回到一楼。

"那个孩子是谁?"小波边递给高岛太太礼物边问道。

"你说的是谁?"

"二楼的孩子啊。"

高岛太太慢慢转过头看着小波问道:"谁?"

"朝夫。"

"朝夫?"高岛太太目不转睛地盯着小波,好像正在琢磨她的话。接着,她又将目光从小波的脸上移开,转向了电视机。"你是想试探我吗?我还没有老糊涂!"看起来高岛太太心情很坏,她恶狠狠地说道,"孩子家家的,不要随便试探大人,快走吧!"高岛太太板起了阴森的脸。

"再见!"小波和高岛太太打完招呼就离开了。

在黑漆漆的路上,小波一边推着自行车一边想,那个孩子真的存在,这是千真万确的事情啊!

第八章

生日聚会

从早晨开始,雨就没停,春奈和友绘二人打着伞来到了小波家。小波家的餐桌上放着妈妈出门前刚刚做好的草莓奶油蛋糕,还有昨天晚上精心准备的曲奇、布丁、两种口味的冰棒和四个精美的小碟。

原来,她们是来为小波庆生的。生日聚会的日期是妈妈定的。为了显得正式,妈妈还特意做了印有蓝色小熊的请柬。

请谁参加生日聚会呢?写请柬之前小波犹豫不决。妈妈却已经帮小波想好了,就邀请春奈、明日香、友绘还有同在一个球队的男生连太郎。

"连太郎不会来的,春奈可能也来不了。"小波说道。

春奈在上幼儿园的时候,是一个不爱讲话的孩子。面对老师的提问,她只是盯着老师的眼睛不停地点头。上小学一、二年级时,她俩不在一个班,三年级以后就分到了同一个班级。这时的春奈已经完全改变了,她不仅变得活泼，而且做任何事情都特有魄力。她会观察大家所做的事情，并给出适合的评价，诸如：你的平衡能力太差啦。这种事情和力量有关……小波觉得春奈在不断地强大起来，而自己却越来越渺小，两人的距离也在不断拉大。

三天前，小波将请柬送到春奈、明日香和友绘的手中。当时，明日香就说："周六、周日我要去泡温泉，太遗憾了。"春奈和友绘同时打开了请柬，友绘"啊"地叫了一声显得异常兴奋，但她没有马上答复，反倒观察起春奈的反应。

"怎么样？有时间吗？"春奈问友绘道。

"四年级了，举行生日聚会就只邀请几个密友了，时间安排在周日上午。"小波补充道。

"去吧。"友绘说道。

听了友绘的话，春奈马上说："那么，就一起去吧！"这样两人都答应了。

妈妈想来想去，最后让小波将请柬给了真麻而不是连太郎。小波则听话地做了。

"生日聚会？你真是太幸福了！"真麻正在用画具在画面上涂抹着，她停下手中的笔，看着请柬。

"对于我来说，生日聚会已经是很久很久以前的事情了。妈妈生前为我办过几次，但时间太久远了，我已经完

全忘了。爸爸同样把我的生日给忘了,因为我本身就是个被人遗忘的孩子。"对于是否去参加生日聚会,真麻并没有明确回答。

生日当天,春奈一进门就提议道:"我们现在开始吧。"

"嗯。"小波点燃了生日蜡烛。

春奈用大人的口气一本正经地说道:"祝你生日快乐!"友绘则低声说了一句:"小波,祝你生日快乐!"两人一起为小波唱完了生日祝福歌后,小波吹灭了蜡烛。

春奈送给小波一块印有小猫图案的手帕。友绘送的同样是手帕,但图案是三朵黄色的玫瑰花。小波说了声谢谢后将礼物收下。小波觉得:这样做只不过是在走一个过场,但收了人家礼物还是有几分不好意思的。

正在大家准备开始享用生日蛋糕的时候,真麻来了。她身穿一件方格子的半袖连衣裙,看上去十分单薄。

"这是送给你的礼物。"真麻站在小波的面前,递过一个纸包,"自己打开看看吧。"

小波道谢后,慢慢打开了纸包,展现在眼前的是一个红色的毛线团。

"用它织一条围巾吧,绝对漂亮!"真麻说道。

春奈嘻嘻地笑了,友绘受到感染,也笑了起来。真麻不解地看着她们俩,又转过头看了一眼自己带来的毛线。

"真漂亮!"小波说。

真麻耸了耸肩,重新扫了她们俩人一眼便坐下来,她看着自己跟前的蛋糕。

"快吃蛋糕吧。"小波对真麻说。

"吃蛋糕之前,我要先吃冰棒。"真麻说着,将两种不同口味的冰棒放进了自己的碟子里。

"我就不客气了。"真麻打开冰棒包装袋"咔嚓咔嚓"地嚼了起来。

春奈用手掩着笑,仿佛就想让别人知道她所看到的有多么可笑啊!

真麻转眼间就把第一支冰棍吃完了,她又拿起了第二支嚼起来。

吃过点心,大家实在是无事可做,就无聊地呆坐着。

"也不能出去玩,实在太憋屈。"春奈靠在座椅上说道。

"玩扑克牌吧。"小波略带焦虑地说。

"玩扑克牌?太幼稚了吧。"春奈看也没看小波说道。

"幼稚的是你!"真麻的话让小波惊慌失措,心想都怪自己多嘴。

"决定了,玩捉迷藏吧。"真麻提议。

"啊?"春奈虽然啊了一声却没有反对。

大家玩儿了起来。小波心里却想:在自己家里玩捉

那份温暖永不散去　067

迷藏?如果妈妈在家的话,是绝不可以的。

　　玩儿了一会儿,到处不见真麻的影子。"真麻!"小波喊着她的名字,但听不到任何回音。门后、台阶下、浴室,甚至妈妈的房间,哪儿都不见真麻。最后,小波发现门口少了一双鞋,看来真麻已经回家了。春奈见到这情景说:"太讨厌了!这种捉迷藏太没意思了!简直太幼稚了!"随后春奈则一边打量着小波一边在友绘的耳边嘟囔些什么。春奈说了声"我们回去了"后就离开了。

　　深夜,小波在黑暗的房间里睁开了双眼,她觉得在房间的角落里似乎有什么东西在动,是蛇吗?又或许是鼹鼠走进了房间?定睛一看才发现果然是鼹鼠,它正从隔扇下悄悄地爬进来。然后,耸动着鼻子向这边走来,接着上了床,卧在小波的被上默不作声。

　　"春奈生气了吧?"小波对被子上的鼹鼠问道。

　　但鼹鼠什么都没说。

　　看着黑暗的天井,小波大叫一声:"你知道吗?今天在补习班上,我看到了漩涡。那是一个巨大的漩涡,它在向天空慢慢地升起,我猜想它是在飞向大海。还有,春奈说我幼稚,你觉得我幼稚吗?!"

　　这时,小波试着活动了一下身体,发现自己身边根本就没有鼹鼠。

　　"朝夫的眉毛很浓,虽然以前我没见过这种类型的孩

子,可我总感觉他是确实存在的。"小波依旧自言自语道。

　　每当小波进入朝夫的房间,都感觉有一种东西在身体中流动,那种感觉就像是新鲜的空气一下子吹进了血液的深处。

　　"怎么解释呢?难道是我的理解出现了错误?那个房间,那张床,还有那张古老的桌子,这些东西用什么词来形容呢?哦!对了,古色古香,应该就是古色古香。"小波结束了自己的独白,又进入了梦乡。

第九章

朝夫的世界

哈鲁一走出家门就显得格外兴奋,小波带着哈鲁像往常一样向坡上走去,没走一会儿,哈鲁就开始嗅路边的东西,可能是太高兴了,哈鲁连缝隙中的小草都不放过。

"哈鲁。"小波经常毫无目的地唤着它的名字。有时,哈鲁会动一下耳朵,更多的时候,它没有任何反应,因为它不知道又被什么其他事吸引了。

路过自己家时,小波似乎听到了远处孩子们的喊叫声,声音不会是从运动场那里传来的吧?上次垒球练习时,自己逃课了,下周日就是正式比赛了,教练已经命令我们不许请假了。在放学回家的途中,小波又收到了妈妈的短信:"练习不要迟到,马上就要比赛了,加油!"小波回复:"知道了。"不过自己还是逃课了……

带哈鲁散完步后,小波同高岛太太告了别。走到门口时,她偷偷地朝楼梯旁望去,看到高岛太太没发现自己,小波蹑手蹑脚地走上了楼梯。小波站在房门前,出神

地凝视着这扇门。她瞬间想到：这个房间有可能空无一人。不！她马上又否定自己，绝对不可能。小波抬手敲了敲门，听到了屋内的动静后，小波推开门。只见屋内朝夫正坐在床上。

"嗨。"朝夫小声地打着招呼。

小波一步踏进房间，回手将门关上。朝夫仍旧穿着那套蓝色睡衣，双膝间放着一个打开的本子。

"你好。"随后，小波又解释道，"今天是我带哈鲁散步的日子。"

"哈鲁。"朝夫稍微点了点头。

"正学习呢？"小波问道。

"不是。"朝夫合上本子放在一边，显得有点儿不好意思。

"是吗？"小波不知该说些什么才合适，她原本想：一定要再到这个房间来看看。可一旦进入了这个房间，小波却全然忘记自己是为什么而来的了。

小波走到窗前向外望去，她发现透过这个房间的窗户看到的景色全然不同，在她的记忆中，对面是一座黑瓦白墙的房子，白色的墙壁上有一些污渍，还有一些用蜡笔胡乱涂抹的文字。入口处的玻璃窗是用木头做的，里面挂着白色的窗帘。可如今看到的墙壁居然变成了奶油色，车库里停放的汽车也变成了紫颜色的了。原来自

己熟悉的一切完全改变了。相同的地点不同的感受,难道这个房间……

小波又看看床,看看桌子,看看墙。她觉得有一种无形的力量将自己的头使劲向后拉着。

"你知道躄鱼吗?"朝夫问道。

"什么躄鱼?不知道。"

朝夫微笑着从身旁的桌子上拿过来一张图鉴放在膝盖上。

"就是这个。"

小波走近床前看着图鉴,上面的鱼似乎长着脚。

"这是脚吗?"

"不是脚,是鳍,它会晃动头上的刺吸引小鱼过来,然后'哐'的一声将小鱼吞下。"

"你知道的东西可真多!"

"这是图鉴上写的,我也从来没见过。刚才带我家狗狗到哪儿去散步了?"

"没走太远,上坡后转了一会儿,然后又去公园了。"

"咱们玩儿寻宝游戏吧。就是一个人藏东西,另一个人来找,找到后再交换。"朝夫提议道,然后将缠着绷带的脚放在地上,用松叶杖支撑着站了起来。

最初,朝夫蒙上眼睛,由小波藏宝。小波无声无息地走到钢琴边,悄悄地打开琴盖,将一把裁纸刀放在了键

盘上。

"好了!"

朝夫拄着松叶杖先到床边摸了摸被子,又一个个地打开书桌的抽屉,但没发现什么。接着,他弯下腰看了桌子下面,又走到书柜前仔细地翻着书本。

"你肯定找不到的。"小波说道。

朝夫仍然到处寻找着,当他走到钢琴边的时候,小波"啊"的惊叫了一声,原来琴盖已被打开了。

"哈哈,易如反掌。"

这一次轮到朝夫藏宝了。

小波闭上双眼听,他听到了松叶杖碰撞地面的声音,又听到纸的响声。

"好了!"

小波走到钢琴边打开琴盖,不在这里。

"我不会藏在同一个地方的。"朝夫高兴地笑了。

小波检查了书柜和书桌,她看见了一个很大的台灯。在那里,她看到了许多从未见过的东西,比如木质书架、玩具、自行车,还有一本叫作《冒险王》的杂志。书桌前摆放着棒球选手的照片和队服,小波看到后总觉得有些不对劲儿,眼前的一切好像都是些陈年旧物,和现在的时代很脱节。

小波想说些什么,他看了一眼朝夫,朝夫只是笑了

笑。小波发现朝夫的发型也很奇怪,后面的头发剪得很短。现在留这种发型的孩子已经极为少见了。

"投降吧。"朝夫有些得意忘形。

"等一下。"小波再次环视了整个房间,她翻开椅子坐垫,再次查看了桌子上的书里面和音乐节拍器的后面,却什么也没有找到。

"我投降。"小波只好不情愿地认输了。

朝夫走到房间的一个角落,拿起一只拖鞋,原来"宝物"就藏在了它的下面。

不知不觉中,房间昏暗了下来。

"屋里太黑了。"小波说。

"嗯。"

"不开灯吗?"

"开灯也行。"但坐在床上的朝夫并没有起来开灯的意思。

"这么黑,你没事吗?"

"没事啊,我不讨厌夜晚。"

"那你喜欢夜晚?"

"倒也称不上喜欢,你看,现在是白天,再过一会儿就是晚上,然后是深夜,我已经习以为常了。"

小波想起来,前几天晚上来朝夫家时,二楼的房间也是漆黑一片。

屋内越来越黑,小波已经看不清朝夫的面孔了。

"我要回去了。"小波说道。

"嗯。"

"再见。"

当小波正要走向房门时,朝夫问:"羽村,我有件事想问你,你是从那个世界来的吧?"

"什么?"

"我总觉得你是来给我传递信息的。"

"啊?!"

"我一直想要问你的。"

"我不明白。"

"你出现得太突然了。在同学会上、在学校里我从来没见过你,你穿的服装也不对劲儿。"

"我可不是幽灵。"

朝夫用手挠着头说:"我没说你是幽灵。"

小波打开门走出房间。楼下已经暗下来了,小波不声不响地下了楼梯,她朝厨房张望,确认高岛太太没有朝这边看,这才穿上了鞋。

小波无声无息地将门打开,走到大街上。她抬头又看了一眼二楼的窗户,没有一丝光亮,窗帘把外面遮掩得密不透风。

第十章

大赛风波

垒球比赛的日子终于来到了。

早上七点,同学们到了球场集合。今天的气温很低,大家在队服外又套上了运动服。

"好了,绝不能小看对手,大家要抱有必胜的信心!即便是对手领先,我们也要积极应对。现在还不知道谁会出场,但每一个人都要做好心理准备。"教练眉头紧锁地环视着大家说道。

"加油!"大家齐声高喊。前几天刚刚入队的二年级队员们,穿着松松垮垮的队服也在给球队鼓劲。

其他球队的队员也陆续来到了球场,他们看上去个个底气十足。小波的内心涌出了一丝胆怯。她担心如果让自己先发出场怎么办?想到这儿,她马上躲到了大家的身后。小波看到其他球队的投球手和击球手表现得都十分出色,一想到胜负,她真想一走了之。

第一回合,对方的首发球员中没有六年级的学生,

都是四、五年级的队员,而且男女球员各半。小波所在的球队像往常一样派出了五、六年级的正式选手作为首发阵容,两局下来小波的球队共得了四分。这时,教练让六年级球员坐上了板凳,替换出场的是四年级的球员。美穗、连太郎和小波被点到了名字。啊!这可怎么办?没有任何商量的余地,小波只能跟随前面的两人进入了球场。要知道,这可是她第一次参加正式的比赛。

球场看上去非常宽,在一侧的看台上,小波看到了戴着帽子的妈妈,为了这场比赛妈妈一大早就为自己准备好了午饭和零食。

对方第一名球员来到了击球区,小波猫下腰准备着。没想到,第一名队员被三振出局,太好了!

第二名球员第三次将球击出,一瞬间,小波有些惊慌失措,不过球滚到了游击手的前面,被游击手救起并迅速投到了一垒。

"好球!"

第三个出场的是一个高个子球员。第一个球他没有击中,接着"叭"的一声击出了一个高球,朝着小波的方向飞来,小波冲着来球懵懵懂懂地走向前去,她高高地伸出双手屏住呼吸。"叭!"的一声,来球被小波牢牢地接住了,连小波自己也大吃一惊。观众声援席上爆发出了阵阵欢呼声。

そのぬくもりはきえない

在第三局暂停时，小波拼命地跑回座位上，妈妈正在教练身边高兴地拍着手。

"太好啦！"教练和大家说完，转向小波："羽村，那个球接得真不错！耳朵还痛吗？"

"啊?!"小波条件反射似的看了一眼妈妈。妈妈此时正眯着眼看着白色的球场。

本方防守的时候，有一次击打因为三垒手接球脱手，球飞到了小波的前面。小波低身接球并直接投向二垒。这个球虽然形成了安打，但以后的比分没有改变，直到这局结束，对方球队也没有得分。比赛仍在继续，小波的球队顽强地坚守住了四分的优势，最终取得了胜利。

比赛结束后，教练召集全体队员说："今天，大家防守得都很不错，虽然没能再次得分，的确有一些遗憾，但只要我们今后好好儿训练，就一定可以打得更好。"教练鼓励着孩子们，并逐个给他们提出了指导建议。

"小波，不加强练习可不行。你哥哥耕平，每天都在家里做空击练习吧，要向你哥哥学习，如果在家里不好好儿练习，是击不到球的，学校的练习也丝毫不能怠慢，即便是耳朵痛，也要来看大家练习。"

小波听着教练的话不断地点着头。大家在休息区交谈着，四年级的队员格外开心，距下一场比赛还有些时间。妈妈们拿出饮料、巧克力、冰棍什么的发给大家。爸

爸们则议论着今天谁的击打更出色等。

"小波,练习时你怎么请假了?"不知什么时候,妈妈在小波的耳边问道。

原来,妈妈还是从教练那儿知道了请假的事。

"为什么?"妈妈又重复了一遍。

"因为她的耳朵痛。"一边的美穗插嘴道。

"耳朵痛,真的吗?"

小波沉默了。

"耳朵不会轻易生病吧,是不是还有其他的事?"妈妈温柔地问着。

"因为我要带哈鲁散步。"小波将手从水桶中拿出。

球场上,其他球队的比赛开始了。

"谁叫哈鲁?"妈妈盯着小波的脸,这时,小波闻到了妈妈身上香水的味道。

"是高岛太太家的狗狗,高岛太太年纪大了,已经不能带狗狗散步了。"

"所以你就……"

"只有每个星期五,其他日子由真麻带着散步。"小波把湿手在裤子上蹭了蹭。

"是吗?"

小波点了点头,但她知道无论自己怎么点头,妈妈肯定还在盯着自己。

"这是你必须做的事情吗?"

小波低下了头。

"如今你已经加入了垒球队,没精力再做这种事情了。每个人都不能一心二用,今后的球队练习绝对不允许请假,刚才教练已经说过了。"

小波点了点头。

"好不容易才开始练垒球,一旦停下来就会半途而废。你哥哥练球时从不无故请假,所以他才能成为投手。小波,你不希望自己成为球队的投手吗?"

小波看着妈妈的鞋尖。此时,河边吹来阵阵清风,远处传来欢呼声,可能是哪个球队赢了。

"你也想成为投手吧?努力成为球队的投手,应该是你的目标吧。说谎不去练球,是件好事吗?这样做对吗?"妈妈的语气在逐渐加重。

小波摇了摇头。

"带狗狗散步,是高岛太太提出来的吗?"

"不是,是真麻。"

"她是谁?是她拉你去的?看来那个孩子很喜欢狗狗。"

"嗯。"小波仍在看着鞋尖点着头。

被妈妈这样斥责,小波也只能点头认错,别无选择。妈妈在任何时候都会有一车的话在那儿等着:"我知道,

我也理解你的心情,但你这样做我还是不喜欢。我虽然明白,但是……"这样的话会无尽无休,好像要把小波包围到快要窒息。

"每个人都会遇到不喜欢或有困难的事情,既然被自己遇到了,就绝不能示弱。如果因为自己的逃避而让对方获胜,那将来干什么事都无法成功。如果只想着做不到的话,那么任何事情都无法推进。你要学会知难而进,只要肯努力就会产生无穷无尽的力量!"妈妈的教导将小波紧紧地攥住。

小波想:您所说的各种各样的事情指的是什么?妈妈所说的"人生"在我看来,根本是条找不到出口的迷途。

"今后的练习不要再请假,咱俩说定了。知道了吗?"

"嗯。"小波再次点头。

后面的比赛小波没有再登场。最后,小波的球队因为美穗的投球失误,在八个参赛队中只得了第三名。

在妈妈做晚饭的时候,小波偷偷地走出了家门,来到了高岛太太家。她抬头看了一眼二楼,和往常一样,屋内拉着窗帘没有亮光。

小波按响门铃但无人应答,于是她轻轻推了下门,门开了个缝。小波偷偷向里面望去,她看到了厨房里的灯光,厨房门口伸出一只白白的手,慢慢地摆动着。

そのぬくもりはきえない

小波来到厨房,高岛太太还是坐在靠背椅子上,桌子上摆放着晚餐,看来用人已经把晚饭都做好了。

"你能来真是太好了。"高岛太太说,"真麻说她今天有事不来了,你能带着哈鲁到那边散步吗?"

听到散步两字,哈鲁一下子站了起来摇起尾巴,还轻轻地叫了一声,抬头看着小波。

"嗯。哈鲁,咱们走吧。"

哈鲁走在黑暗的街上,汽车不时地从身边开过。小波和哈鲁相互追赶着。小波能闻到煮肉的香味儿,还能听见洗澡时哗哗的流水声。小波突然想起朝夫说过的话:"我不怕黑夜。"这时,小波才发觉,自己一整天都在想着朝夫,即使在打比赛的时候也是。

朝夫就住在那里,可是小波一旦走出那个房间,脑海中的一切就会变得模糊起来,不知道朝夫现在是否还在那个与他年龄不相符的古色古香的房间里。这时,小波仿佛又看到了他那刚刚打过哈欠的脸庞。

忽然,冰冷的水滴打在了小波的手上,原来下雨了。小波仰望天空看不到一颗星星,雨水不断地落在她的脸上。小波带着哈鲁在公园里转了三圈就回家了。

"下雨了。"小波告诉高岛太太。

"是吗?那就赶快回去吧。"高岛太太说道。小碟小碗仍旧摆在那里,看来高岛太太还没有用餐。

小波道别后转身向门口走去,她没有去穿鞋反倒直接上了二楼。二楼一片漆黑,昏暗中小波深深吸了口气,敲响了那个房门。房间里传来阵阵钢琴声。小波握着门把手轻轻地打开了房门,房间里非常明亮。朝夫正坐在钢琴前面。听到有人进来,他停止了弹奏,转过头来。

"你来的还是那么突然。"

"你会弹钢琴?"

每当小波走进这个房间,总感觉有一种不安的东西在身体中流动。

"嗯,我刚可以活动,妈妈就叫我练琴。"

"脚上的绷带呢?"

"拆掉了,就在前些日子。"

"啊?"小波想离自己上次来这儿,仅仅才过去了两天啊。

"我上次来是什么时候?"小波问。

"很久以前了吧。"

小波觉得,一切都错位了,这个房间的时间概念和空间概念都变得模糊不清了。

"这个地方有些奇怪。"小波说道。

"奇怪的应该是你。"

小波看着眼前古老的房间,头脑一片混乱。

今天朝夫没有穿睡衣,他穿的是立领衬衣和西裤,

房间的中央摆放着一张小桌子,桌子上面散乱地堆放着一些纸企鹅,那是朝夫亲手叠的,形状和大小都参差不齐。闹钟、竹筒、卡片以及锈螺丝钉被随意地扔在地上。

"弹一曲给我听听吧。"

"练习曲行吗?"说着朝夫转向钢琴马上弹奏起来。朝夫的钢琴水平比小波想象的要好许多。他一边弹奏一边投入地晃动着身体,手指平滑地左右移动。中途有一次弹错了,但他马上又回到那一段重新弹奏起来。

"弹得太好啦!"

"可我早就烦了,都弹了无数遍了。"

"我弹一下行吗?"

"可以呀。"朝夫站起身来将琴凳让给了小波。

小波站在钢琴边向朝夫点头致谢后坐了下来,她单手弹奏着。这时,站在旁边的朝夫开始用高音给小波伴奏,和着小波缓慢弹奏的主旋律。小波重复弹奏着相同的主旋律,朝夫则按照自己的喜好不断弹出各种音调。小波开心地笑了,她一边笑着一边继续弹奏,弹奏着那首自己至今不知道歌名的歌曲。

"小年散完步了?"朝夫问道。

"嗯,刚回来。"

小波想:在自己的记忆中它的名字叫哈鲁,不叫小年。这是一个毫无争议的事实。但是,在朝夫面前她的自

信心一下子动摇了,她甚至觉得也有可能不叫哈鲁,应该叫小年。不仅如此,想到窗外一片模糊的房屋,小波还会觉得,上次自己到这里来好像是很久以前的事情,犹如第一次到别人家里去,不久以后回想起来,却又记不清了。今天到这里来的目的就是要确认一些事情。可到底是什么事情,小波又想不起来了。

"你想放烟花吗?"朝夫突然站起身问道。

"在这里?"

"不要紧,是线香烟花。"朝夫从书桌的抽屉里拿出一把线香烟花和火柴,又从床下找出了一个小桶,上面的标签是橘子罐头。朝夫在小桶中倒了一些水,准备点燃烟花。

"帮我把窗户打开。"听到朝夫的话,小波上床打开了窗户。

朝夫抽出一支烟花递给小波。小波犹豫着抬手将烟花拿到了水桶的上方,朝夫划着火柴点燃了烟花,烟花的小火花噼噼啪啪地落下,非常漂亮。不一会儿烟花慢慢地摇动形成了一个火团,最后会像细小的叶子一样燃烧,火花四处纷飞。

小波和朝夫玩得特别开心。在交谈中,小波才得知原来朝夫是为了躲避高年级同学的欺负,才选择了跳下悬崖而摔伤了腿。从那儿以后,朝夫就不喜欢上学了,意

そのぬくもりはきえない

志也变得有些消沉。

"不会挨说吧?"小波突然有些担心。

"我们的确有点儿玩过头了。"朝夫笑了。

"我回去了。"小波说道。

"真是奇怪,为什么只有你突然到来,其他人就不来呢?"

"其他人?"

"没有人会来。"

"我先回去了,但还会再来的。"

小波觉得来到这个房间后,总有种穿越了现在的时间和空间的感觉。

"嗯。"朝夫答应了。

第十一章

谜一样的高岛太太

放学回家的途中,妈妈给小波发来两条短信。第一条是:"回来了?垒球练习别晚了,回来时会很冷,穿上夹克。"第二条是:"吃完三明治再去,是你喜欢的煎蛋三明治。"短信上还打出了笑脸的符号。小波对妈妈的两个短信都以"知道了"做了回复。

小波回家后刚一放下书包就又走出了家门,重新回到了高岛太太家门口。小波走进庭院后按响了门铃,她没有等待回应就自己慢慢打开了房门。哈鲁走了过来。

"哈鲁。"小波摸了摸哈鲁的头说,"走吧。"

小波拎着狗链朝里面说了声"我们走了。"本应在厨房里的高岛太太却没有回话,也没在厨房门口摇摆手。

"高岛太太。"依旧没有回音。

小波走进家门,穿过走廊来到了厨房,依旧不见高岛太太。

"高岛太太。"

此时,小波听到了从旁边的房间传来的微弱声音,门是打开的。

　　"在这边。"

　　是高岛太太的声音。在那个稍显黑暗的房间里,高岛太太躺在床上。

　　"您生病了吗?"

　　"有一点儿发烧。"她的声音非常虚弱。

　　高岛太太那柔顺的白发散落在枕头上。

　　"你能帮我给吉原打个电话吗?电话号码就在电话旁边。"高岛太太断断续续地说道。

　　"知道了。"小波走到电话旁,贴在墙壁的纸上大大地写着吉原的电话,她马上拨通了电话。

　　"喂,高岛太太怎么样了?"小波听到一位女士清脆的声音。

　　"高岛太太发烧了,请您马上回来。"

　　"啊,请问你是谁呀?"

　　"我是羽村,是来带哈鲁散步的。"

　　"不是真麻吗?"

　　"平时是由真麻带,只有星期五才换成我带哈鲁散步的。"小波解释道。

　　"跟你说,我现在过不去,因为还有两家没去呢,你告诉她发点儿烧死不了人,问一下她烧到多少摄氏度。"

"您稍等。"小波来到高岛太太身边说,"吉原她说发点儿烧死不了人,她问您现在烧到多少摄氏度。"

"38.4℃。"高岛太太仰面躺在那儿。

"是吗,还真的发烧了,今天早上我就觉得有点儿奇怪。去告诉她不要过分担心,病人一旦过分担心,就会加重病情。让她想一些高兴的事。你就让她想想自己的儿子、孙子的事,高岛太太心情好的时候会讲很多以前的故事。"

"没听她说过。"

"是吗?我就算再抓紧也得六点半左右才能回去。你先带哈鲁去散步,回来后给高岛太太喝些饮料什么的。发烧的病人千万不能脱水。晚饭时,我会做些好消化的,护士那边我去联系,你就这样告诉她,能做到吗?"

"没问题。"

"好了,那就拜托了。"吉原小姐说完挂上了电话。

小波向高岛太太转述了吉原小姐的话。

"是吗?还要等到晚上呀。"高岛太太躺在那儿,语气中稍稍带出一些苛责。

"你带哈鲁散步去吧。"高岛太太动着发干的嘴唇,随即闭上了眼睛。

哈鲁坐在床边,听说去散步立即站了起来。哈鲁可能这一整天都待在床边,看起来有些无精打采。

"哈鲁,咱们一起散步去。"

小波走向房门,哈鲁紧跟其后。

在门前的楼梯旁,小波停下了脚步,每当想起上面的事情,她就有一种眩晕的感觉。

散步回来后,小波给哈鲁放好了水和狗粮,她问高岛太太:"您想喝点儿什么吗?"

"橘子汁吧。"高岛太太睁开眼睛回答道。

小波走到厨房从冰箱里拿出了橘子汁的纸盒,一看才发现里面的饮料所剩无几。小波把情况告诉了高岛太太,高岛太太说:"坡下有个商店,你去帮我买一下。"说完将钱交给了小波。

小波将新买来的橘子汁倒入玻璃杯送到了高岛太太的面前,高岛太太费了很长时间才坐了起来,慢慢地伸过手接过玻璃杯,她一点一点地喝着,喝到一半时,她将玻璃杯递给了小波。看到高岛太太痛苦的面容,小波猜,一定是身体哪个部位的疼痛正在折磨着她。

"还有什么事情需要帮忙吗?"

"把电热宝放进被子下面腿的位置。再给我拿盒新纸巾。我要吃药,再给我倒一杯水。"

小波按照高岛太太的吩咐忙前忙后,哈鲁也没闲着,跟在小波的后面,在房间里来回走动。

"还有,你把该洗的衣服放到二楼去。"这是高岛太太

拜托的最后一件事。高岛太太吃完药,躺在床上睡着了。

最后的吩咐正是小波求之不得的。小波滑行般地穿过走廊来到楼梯前,然后大步流星地上楼,轻轻地敲了一下门,没有回声,小波握住门把手打开了门。

"羽村吗?"是朝夫的声音。

"是我。"说着小波迅速走进了房间。朝夫正坐在书桌前。

"还是老样子。"朝夫一边将书合上一边笑着说道,"来得还是很突然。"

以这个房间的时间标准进行计算,距自己上次来这儿到底过了多长时间呢,小波自己也不清楚。她看了看朝夫的脚,很明显,已经没有任何问题了。

"回学校了吗?"

"没有。"朝夫歪了歪头。

"对了,你练习钢琴了吗?"

"今天不练。"

"逃课吗?我在垒球练习时就逃了课。"小波嘿嘿一笑。虽然自己逃课了,她丝毫没有感到是做了什么坏事。在这个房间里,小波不但不难为情,反而感觉所讲的事情好像都是他人所为,和自己无关。

小波坐在床上想:在这个被弄得非常混乱的房间里,自己却觉得很安心。好像很久以前自己就同朝夫相

识一样,朝夫好像是自己隔壁班的同学。

"你写日记吗?"小波注意到了桌上的笔记本。上次来这里时,小波就见到朝夫在笔记本上写着什么。

"这个?不行,不行!"朝夫笑了。

"不能给我看?"

"不是的,看了你肯定会笑话我的。"

"我不会。"

"真的吗?"原来,朝夫在笔记本里写的是以电鳐鱼和宽纹虎鲨为主人公创作的故事。

"电鳐鱼你知道吗?它的身上带电,能用电将其他鱼击昏并抓住它,电鳐鱼的朋友是宽纹虎鲨,它的头长得跟猫一样。宽纹虎鲨经常饥肠辘辘,'还想吃,还想吃'是它的口头禅。所以电鳐鱼每天都要为宽纹虎鲨捕食,宽纹虎鲨将电鳐鱼捕来的鱼当作美食来享用。作为回报,宽纹虎鲨会在夜里将远方海洋里发生的故事告诉电鳐鱼,像是吃人鲨的故事,尾巴发光的海鳗的故事,有时还会说到天空的故事,因为宽纹虎鲨把从海底看到的闪闪发光的海面当作了天空。"

"是这样啊,让我看看行吗?"

"不行,不行。"朝夫摆着手将笔记本放进了抽屉里。

"那么,宽纹虎鲨之后怎么样了?"

"它由于吃得太多了,所以不断地长大,长大的宽纹

虎鲨和长大的电鳐鱼外出旅行,因为它们已经把那边的鱼全都吃光了。"

"后来怎么样?"

朝夫笑了笑说:"这样一来,长大的电鳐鱼就危险了。"

"你去过水族馆吗?"小波问道。

"上幼儿园的时候去过一次。"

"从那以后就没去过了吗?"

"没有,路途太远了。上了六年级以后,据说赶上休学旅行时可以去。"

小波想:水族馆没有多远啊,先坐五、六站汽车,再坐船就到了。爸爸带哥哥和自己去过。

"这么说,你想去水族馆?"

"是呀。"朝夫说道。

"那就一起去吧,水族馆里有宽纹虎鲨和电鳐鱼,我也想去看看。"小波感到非常高兴,同时又感到有些奇怪。

"要知道,那儿很远的。"

"没有多远,不是朝夫世界里的,而是我的。"

小波觉得这样说已经够明白了。

朝夫陷入了思考。

小波想:朝夫是不是不想和女生一起去,其实自己

也从没和男生一起出去玩过。难道朝夫担心一旦走出这个房间,就再也不是现在的自己了。想到这些,小波的头脑再次混乱起来。

朝夫考虑过后答应了,小波高兴极了。

"这个星期天怎么样?"刚刚说完,小波转念又一想:对于朝夫来讲,星期天将会是哪一天呢?

"没问题。"朝夫点了点头。

"太好啦!"小波一下子站了起来。

"你真的不想看看?"朝夫说着,从乱七八糟的东西下找出了笔记本,刷刷地翻着,"这就是电鳐鱼和宽纹虎鲨的故事。"

笔记本上画着一条用彩色铅笔描绘的圆圆扁扁鱼,这一定是电鳐鱼;旁边那条一定是宽纹虎鲨。

"画得太好啦!"

"过奖啦!"朝夫高兴地说道。

小波抱着衣物下楼,来到了高岛太太的卧房,只见高岛太太手扶着额头正在看照片,神情看起来有些恍惚。

"您好些了吗?"

"好多了,以前发烧什么的,从来就没当回事。"高岛太太说着将手中的镜框递给了小波。

"把它放在桌子上吧。"

"照片里的人们是谁啊?"

"他们是我的儿子、儿媳还有孙女。"

这个镜框一直摆放在高岛太太床头柜上。照片里,一架三角钢琴前坐着一个男人,旁边站着一位留着长发的女人和一个中学生模样的女孩儿,三个人都面带微笑。

"他们一家住在东京。不知为什么,现在总会梦见儿子,可能是因为吉原总让我多替孩子着想。对了,现在几点了?"

"六点十分。"小波看了看表。

"你可以回去了。"

"还有什么事吗?"

"没啦,吉原马上就回来了。你回去时,把厨房的灯打开。"

小波安顿好了高岛太太,又和哈鲁告别后,就离开了高岛太太的家。刚走没几步,手机就响了起来,拿出一看是妈妈的号码。小波没接电话,顺手把电话放进了口袋里,电话没有再次响起。如何解释垒球练习逃课的事呢?满怀心事的小波慢慢地朝家走去。

第十二章

混乱的记忆

进了家门后,小波发现妈妈和哥哥还没有回来。她打开电灯,拾起扔在地上的书包走进厨房。小波审视着眼前的一切:铺着蓝色台布的桌子,摆放着砖红色坐垫的椅子,放在水池中的不锈钢拌菜盆,电冰箱门把手上挂着的印有猫图案的挂件,还有挂在墙上的酸浆果的绘画。这一切对自己来说都是那么司空见惯,但忽然又觉得它们好像来自遥远的地方,自己仿佛已经很久没有踏入这个家门了。小波坐在沙发上看着手机,按照真麻告诉的方法拨通了她的电话号码,而且真的拨了三次。

"喂。"是真麻的声音。

"是我,羽村。"

"我知道是你,什么事?"真麻的声音听上去相当悠闲。

"有关哈鲁散步的事。如果你还有其他事要忙的话,我可以多些时间陪哈鲁。"

"你不是有很多事情要做吗?补习班呀,垒球什么的。"

"话是这么说。"

"那你还有时间吗?"

"有。"

"那好吧。"

小波在等待真麻会说些什么。比如,真麻的家是什么样子的,除了父亲以外她有没有其他人等。

"前几天,大井的邻居深泽家养了一只狗狗,是那种小型犬吉娃娃。他想让我帮忙照顾一下,还说每天都需要。但我还要带哈鲁散步,所以推辞了。如果你愿意,星期一和星期二我想让你替一下。"

"好啊,没问题。"

"另外……"真麻用询问的语气说道。

"嗯?"

"有什么秘密吧,我是说高岛太太家。"

"什么?"

"我总有种感觉……"

怎么办?小波犹豫了,她认为那件事情是不能讲的,可她没有管住自己的嘴。

"朝夫确实存在。"说完以后,小波一直听着电话。说出朝夫名字的同时,她的内心变得模糊起来。

"喂，你刚才说的是谁？"

"朝夫。"

"你说的是二楼的幽灵？"真麻偷偷地笑着。

"那不是幽灵，真的不是。"

小波听得到真麻的喘息声，但真麻依旧沉默不语。

"是真的！"小波再次强调。

"嗯，我相信你的话。"

小波松了一口气。

"她家的二楼我进去过，那是一个空房间，里面堆放着许多报纸和杂志，再有就是一架钢琴，还有桌子，桌子的抽屉里有棒球手套和锈迹斑斑的玩具，还有一些钥匙链，还有……唱片，放在抽屉里的唱片。你知道唱片吗？我爸爸就存了许多。总之，那个屋子里所有的东西都非常古老。我认为那可能是一个男孩儿住过的房间。"

看来真麻真的进入过那个房间。

"你是穿红衣服去的吗？"小波问道。

"穿了一双红色的袜子。"

"但二楼的那个男孩儿不是幽灵。"

"了不起，了不起！"真麻的话里透出一种不相信的口气。

"我绝不会说谎。"

"我知道。那星期一、星期二还有星期五，带哈鲁散

步的事就拜托了。"

小波最终也不知道,真麻是否相信了自己的话。

妈妈回家后肯定会问自己垒球练习的事情,还会问为什么不接电话,这些小波都想到了。然而,妈妈回来后却一直闷头做饭:削完土豆皮,又将菠菜洗净,然后烧了一锅开水。

小波站在一边看着这一切。小时候,小波经常看外祖母做饭,外祖母的手麻利又灵巧,尤其是在剥很薄的葱皮或削黏黏糊糊的山药皮时,显得尤其利落,包饺子时,她也会将饺子的褶捏得非常漂亮。外祖母经常让小波帮厨,"给我磕个鸡蛋"或"帮我剥豆子"。听到这样的吩咐,小波都会尽快完成任务。小波想:什么时候自己也可以像外祖母那样,干得那么好。

对于妈妈做的菜,外祖母经常挑三拣四,不是味道不行,就是火候有问题。当时妈妈没有作答,整个人好像僵住了。

外祖母对妈妈说道:"我做这些事情还不是为了你,所有的事情,包括商店能干到今天也是为了左代子你。"

外祖母实在太伟大了,小波对外祖母的敬佩之情油然而生。

"学校怎么样?"妈妈一边挤着菠菜里的水,一边问道。

"没发生什么特别的事。"

小波这才从记忆里走出来。

"哦。"妈妈点了点头。

小波直挺挺地站着,看着妈妈所做的一切,妈妈再也没有和小波说什么话。从妈妈的脸上可以看得出来,她肯定是生气了。小波希望妈妈能说些什么,但妈妈一直沉默不语。等到煎盘够热了,妈妈倒入色拉油并将肉铺在上面。

趁妈妈洗澡的时候,小波悄悄地走进了妈妈的房间,这里原来是外祖母的房间,外祖母用过的家具,原封不动地放在那里。外祖母生前,小波经常到这个房间来。还记得外祖母晚上经常做面膜美容,脸上油光光的,想说什么话都只能唇语。小波附耳细听,琢磨妈妈是否已经从浴室出来了,但浴室那儿没有传来任何声音。说不定,妈妈已经洗完澡正围上浴衣准备出来呢。瞬间的担心驱使小波悄悄地走到浴室前,她从门缝看了进去,浴室里的声音证明妈妈不会马上出来。小波又迅速地回到了妈妈的房间,毫不犹豫地拿起了妈妈的皮包,打开了拉锁。小波从中拿出了一张一万元的纸币放入了自己的口袋,然后小心翼翼地将钱包放回到书包里。

小波走出房门,她压低脚步声穿过房厅又走过浴室,一步一步地上了楼。小波将钱放入平时不经常使用的黄色钱包里,然后将钱包塞进了抽屉最里面,这下小

波安心地关灯钻进了被窝里。

小波听着"吧嗒吧嗒"雨滴击打着屋顶的声音,盘算着。去水族馆的电车票和入场券的问题,小波原以为自己每月存的零花钱就足够了,但最近打开存钱罐才知道里面只是些十日元、五十日元的硬币。小波一遍遍地提醒着自己快点儿睡觉。虽然自己的心脏还在扑腾乱跳,但只要睡着了任何事都会消逝。小波用力地闭上眼睛,却久久难以入眠。

小波在黑暗中瞪着双眼,她觉得时间在延长,又好像在缩短,从前的事情和眼前的事情一同漂浮在脑海里,朝夫离我是远还是近?有时觉得他触手可及,但有时又觉得他非常遥远。产生如此的想法莫非因为现在是黑夜。对!肯定是。小波用被子蒙上了头,这样做可以把自己隐藏起来,使自己安心,小波慢慢地入睡了。

第十三章

水族馆之夜

周日上午,妈妈又去上班了,哥哥也骑车出去了。小波走出家门,外面晴空万里,明媚的朝阳洒在坡道上。她快步走到高岛太太家,发现门前停放着一辆红色汽车。

好像有人来了,怎么办?小波在汽车前犹豫着,但她转念一想,我和朝夫约好的。不能说话不算数。小波按响门铃后,见无人应答就自己打开了房门。

"来啦。"随着回答声,一位胖胖的中年妇女走出了厨房,"请问你是谁?"

"我是羽村。"

"羽村?啊,是上次给我打电话的孩子吧?我是吉原,快进来吧。"

吉原小姐揽着小波的肩膀来到了厨房。

"刚刚吃过早饭,高岛太太喝了一些粥,烧也退了。"

高岛太太依旧躺在床上。

"你和真麻能来这儿,实在是帮了我大忙,太感谢了!

请问你的全名是?"

"羽村波。"

"那我就叫你小波吧。你现在是要带哈鲁去散步吗?"

"不是。"

"我也觉得散步应该在晚上,看来你还挂念着高岛太太,你真是太体贴了。无论是谁,能来看看她就是一件好事。"吉原小姐高声地说道,"我刚刚泡了花茶,小波喝吗?"

"这是布丁。"小波将从家中带来的布丁递了过去。

"高岛太太,小波带来的布丁!"吉原对隔壁房间高岛太太说道。

"啊,谢谢了。"

吉原小姐将花茶倒入杯中,递给了小波。

"我去二楼晾衣服,你先吃布丁吧,然后喝点儿茶水,高岛太太也一起吃吧。"

"二楼吗?"小波问道。

"是呀,怎么了?"

"没什么。"

"那我去啦。"说着吉原小姐拿着装有衣服的筐走出了厨房。

小波来到寝室,高岛太太已经坐起身来。

"您好!"

"你好!"

看上去高岛太太的身体恢复了许多。

"您吃布丁吗?"小波把布丁递给高岛太太。

"有布丁啊,那我就尝尝吧。"

小波到厨房拿来勺子,递给高岛太太。

高岛太太拿着布丁,背靠着床缓慢地吃着。桌上放着茶杯和一个相框,相框内的照片不是上次小波看到的那张,换成了一个男人的照片。

"这个布丁既好吃又有营养。"

"是啊。"

"以前吃过布丁,但忘记是什么时候了,好像已经有四五年没吃了。吉原买回来的东西每次都是那么几样,布丁都成了新鲜的东西。"

"您一直是一个人住吗?"小波突然想起了二楼的朝夫,他是否存在呢?

"是呀,自从我丈夫过世以后。"

"一个人生活,一定很寂寞吧?"

高岛太太看着小波的脸,缩了下肩笑着说:"是呀,你说话的语气像个大人似的。不过,还好有哈鲁在。"

"是啊,可以作个伴。"

"你们家呢?"

"三个人。"

"有老奶奶,还有父亲?"

看起来高岛太太对小波家的事一无所知。

"外祖母已经过世了,爸爸离婚后又再婚了。"

高岛太太看着小波:"看来你有不少伤心事。"

这时,楼上传来了脚步声,原来是吉原小姐从二楼下来了。

"小波很适合粉色的搭配,就连小包也是粉色的。还是女孩儿可爱,不过,你可千万不要被别人拐跑了。只要小波在这里,高岛太太一定会健康的,肯定的!高岛太太,您交上这样的朋友,真是件大好事!"吉原小姐在里面的房间说道,"米粥和山药都做好了,中午我会过来看一下,看看您好好儿吃午饭了没。"

吉原对小波说:"我该走了,等高岛太太好了,咱们一起玩花扎①。知道花扎吗?高岛太太可是位常胜将军。"

最后,吉原小姐告诉小波,有事可以随时给她打电话。

"还有什么事吗?"小波问高岛太太。

"没有了,你一会儿打算去哪里呀?"

"那个……"小波感觉自己又要说谎了。

"吉原说今天的天气很好,出去玩玩儿正好。"

小波没说什么起身上了二楼。同往常一样,小波一旦走到二楼,就会略感不安。她在想朝夫现在是否已经

---

①花扎:日本的一种纸牌。

そのぬくもりはきえない

不在了。小波打开房门,朝夫不但在,而且正坐在床上。他穿着一件紫色的上衣,下面是同样颜色的短裤,脚上穿着一双白色的袜子。看着朝夫的短裤小波想:这种样式,现在还有人穿吗?

"穿成这个样子,是去上学吗?"

"什么啊!"朝夫说道。

"今天不是约好一起去水族馆吗?"

"可你一直没来啊。"

"今天才是星期日,不是吗?"

"嗯,果然是这样。"朝夫嘀咕道。

"什么?"

"正如电视上所说,那边的时间和这边的时间不一样,我一时也无法解释清楚。"

"那还去不去水族馆?"小波问。

"一旦去了那边,就有可能回不到这边了,那边和这边完全是两码事。"

"我觉得不会啊,你看,我经常到这里来,然后又回家,这不又来了吗?"

"嗯。"朝夫歪着头说,"确实如此,好了,我想明白了。"只见他脱下了紫色上衣,穿上一件绿色的背心,然后用一种疑惑的目光注视着房门。小波想,可能平时朝夫就是那样看着房门,一个来历不明的女孩突然在这扇门前出现,对于朝夫来讲又意味着什么呢?

"真的可以去吗?我是说,一起去?"朝夫说道。

"嗯,虽然不知道结果,但我觉得没问题。"

"好吧。"朝夫好像下了决心,他点了点头。

小波拉开房门,又拉过朝夫的手。她感到一旦拉住这只手,就可以将朝夫拉到这边来。朝夫同样紧紧地握住小波的手。两个人手拉着手走出了房间走下楼梯,在楼下,他俩看到了哈鲁,只见它忽悠忽悠地摇晃着尾巴看着两个人。当朝夫看到体态如此硕大的哈鲁时,吓了一跳,但还是伸出手摸了一下哈鲁的头。朝夫在鞋箱里找小孩儿穿的鞋,但却没有找到适合自己的,所以朝夫拿了双稍大一点儿的旧运动鞋。

他们俩紧拉着手走出了家门,直到走上街才把手放开。

"啊!分开了。"朝夫喊出了声音,他环视周围,好像担心自己一下回到了那边。

"真的!"小波看了一眼朝夫,又望了望周围,但朝夫并没有消失。朝夫拖着一只脚站在那儿,看起来他的腿还没有完全恢复。

在去车站的途中和等车的时候,朝夫都没有消失。朝夫的神色略显紧张,无论是看到公交车上的乘客,还是观望窗外的景色,他的眼神都是直勾勾的。

そのぬくもりはきえない

　接着,他们上了电车,两个人并排坐下,对面坐着一位穿着短裙,脚蹬高筒靴的女人和一位戴着银质耳环的男人,两人紧紧地贴在一起坐着。那个男子的双手紧握放在双膝之间。朝夫毫无顾忌地盯着他们看。

　"建筑什么的,完全变了吧?"小波低声问道。

　"变了,变了,好像是在看电影。"朝夫点头答道。

　起初用吃惊的目光环顾四周的朝夫,慢慢有些习惯了,他不时地说:"电车变得先进了。"或者说:"现在的女人,都变得牛气了。"

　"不去学校行吗?"小波问。

　"没关系。"朝夫正对前方说道。

　从窗外的住房之间,他们看见了大海,海面上溅起朵朵浪花。

　"久违的大海。"朝夫说道。

　"嗯,真是久违了。"

　随后,两个人沉默不语,远望着窗外的大海。

　每逢星期天,水族馆里都会有很多家长带着小孩儿来。他俩穿过玻璃水槽的通道后,就进入了"海底世界"。

　"怎么样?这一切太了不起了吧。"

　当身体细长的鲨鱼飞速穿过时,朝夫叫道:"这是皱唇鲨,那个是皱齿鲨。"朝夫一一说明着。

　离开了这个展馆,他们来到一个放置了许多水槽的

那份温暖永不散去

大厅,在那里有长着小触角的角箱鲀,有如同蒲公英花絮般的水母宝宝,还有几条钻进塑料桶里相互拥挤的海鳗,看到这些,朝夫竟然笑出声来。

在鲨鱼池中看到宽纹虎鲨时,朝夫喊着:"快看快看,就是这个家伙!"朝夫的声音显得格外兴奋。

他们看到了比拉鱼、鲣鱼、电鳗、鲷鱼、鲽鱼等许多鱼,遗憾的是没有看到电鳐鱼。

"这里的鱼可真漂亮。"小波说道。

"嗯。"朝夫点着头。

小波知道朝夫已经被这场面感动了,今天到水族馆来真是来对了。

午饭时,俩人来到汉堡店,朝夫想了一下说:"我要奶酪汉堡。"小波买了两个,他们在窗边的位置坐了下来。

"这个味道太好啦!"朝夫高兴地说道。

小波想:本来不存在的朝夫,现在就坐在这里。朝夫如果能一直待在这里该有多好啊!如今,小孩儿丢失的事情到处都有,一旦朝夫在那边突然消失,家人可能以为他被坏人拐走了。家人肯定会拼命地找他。

"别这样盯着我。"朝夫说道。

小波这才发现自己一直在看着朝夫的脸。

他俩走出汉堡店,正要走向海边时,小波的手机响了,是妈妈的短信:"午饭吃了吗,现在干什么呢?"小波

停住脚步马上回信:"吃过了。"看来妈妈还以为小波独自待在家里。

朝夫看了一眼手机说:"这是电话?"小波"嗯"了一声,将手机放进口袋。

俩人在返程渡轮的甲板上遥望着大海。

"大海真让人琢磨不透。"朝夫看着远方说道。

小波想,如今的大海和以前比,污染严重了。但她没有说出口,因为对于大海,自己也不十分清楚。但小波感觉,每当看到大海,心情就会变得平静,总想对大海道声感谢,这种心情小波终生都不会忘记。

"结果,还是得回家。"望着大海的朝夫说道。他的声音让小波觉得非常远,也可能是受到渡船发动机的声音干扰。

"我总是搞不懂。"

"什么?"

"任何事情一旦结束,我们就得回家了。无论发生了什么,即使我想一直待在这里,但最后还得要回家。"

朝夫的声音,如同隔着一层厚厚的玻璃,让小波无法听清楚,尽管他就在自己身边,可声音却好像来自远方,听起来断断续续的。

"朝夫!你的声音太远了。"小波将脸转向了朝夫。

朝夫微张着嘴,向天海相连处远望去,他的身体有

如被光线穿透。小波感到眼前的朝夫正在慢慢地融化。

"朝夫!"小波的声音提高了。

"怎么回事?"朝夫吃惊地看着小波。

"没什么。"

朝夫依旧和以前一样,活生生地站在自己的跟前。

他们下了渡轮走向车站,在站台上等车时,小波不时地看着朝夫,好像趁自己稍不留神朝夫就会消失。小波尽可能地贴在他的身边,但离得过近,又怕他烦自己。小波强忍着稍稍拉开一点儿距离,但马上又放心不下,还是情不自禁慢慢走近朝夫。

通过检票口时,小波突然觉得朝夫再一次走远了,她向前跑了两三步,仿佛看到了朝夫的身影。

"朝夫!"小波喊道。

朝夫回过头说:"别那么大声。"

朝夫活生生地站在那里。

两个人在等公交车的时候,朝夫说:"你为我花了这么多钱,可我的存钱箱里,大概只有三百日元。"

"行了,行了,没关系。"

与此相比,朝夫的存在更重要。一旦朝夫消失自己该怎么办呢?自己怎么才能留住他呢。现在的小波已经无心考虑钱的事情了。

在公交车上,朝夫看着窗外说:"太好啦!能够去一

趟水族馆真是太好啦!"

"再去一次,我们一定要再去一次。"小波说。

朝夫仍然看着窗外,不住地点着头。

来到高岛太太家,两个人的手仍然握在一起。走进房门时同出门一样,他俩轻轻地走上楼梯来到了二楼。进入房间后朝夫问:"这是哪里?这是我的房间吗?真的是我的房间吗?"

两个人终于松开了手。小波很认真地说:"朝夫,明天我还过来,你要待在这里,一定要在!"

"明天,你说的明天是什么时候?在这边是什么时候?不会是明年吧?"

"是明天。"

"啊,我的眼睛好像有点儿奇怪。"朝夫揉了揉眼睛,又眨了几下说,"羽村,我看到的你,已经很模糊了。"

的确如此,说不定,我已经从这房间里消失了,小波这样想着。

"在这里,我会在这里。"朝夫不断地摆着手。

"是手语吗?"

朝夫笑着说:"好,那我回去了。"

"再见。"

小波在门前站了一会儿,心理祈求着朝夫千万不要消逝。然后,悄然无声地走下了楼梯。

第十四章

真相大白

带哈鲁散步回来,小波将水和狗粮放好后,又确认高岛太太正在专注地看着电视,便走出厨房,轻轻地穿过走廊,上了楼梯。

朝夫还在吗?还会待在那个房间吗?在学校的时候,小波一直在考虑这个问题。

小波站在门前想:这扇门里难道真的像真麻所说的那样空空荡荡?小波看了看房门又用耳朵听了听,她听到了琴声。

小波打开门,看见朝夫坐在钢琴前面。

"你好!"

"你好!"俩人打过招呼后都笑了,不经常笑的朝夫今天也笑了。

"是什么曲子?"

"勃拉姆斯的《安魂曲》。"

"继续弹吧。"

そのぬくもりはきえない

"好的。"朝夫说着点了一下头,然后转向钢琴继续弹着,这是一首很安静的曲子。

朝夫好像已经弹得很熟练了,弹奏中没有任何中断,而且非常平稳。曲子结束后朝夫问道:"你喜欢听勃拉姆斯的曲子吗?"

"没有。"

小波只听说过勃拉姆斯的名字,其他的都不知道,《安魂曲》也是第一次听到。

小波边琢磨着这边的日期边环顾着房间四周,墙壁上挂着绘画,书桌上胡乱地摆放着几本书。但是,上次放在房间里的松叶杖却不见了,床上却多了一个背包。

"去学校了吗?"

"去了。"朝夫干脆地回答。

"什么时候去的?"

"从今天开始。"

"羽村,我想再去一次水族馆。我原以为自己也可以去,但昨天我去了那里结果不行。虽然打开了那扇门,但还是行不通。好像如果没有你的话,我就去不成,这可能需要一种特殊的能量吧?"

"我也不知道。但只要你想看的话,我一定陪你去。"

朝夫点着头说:"在学校,如果我和他们说在那边的事情,他们绝对不相信,挺有意思吧。"

那份温暖永不散去

"也许吧,你能再弹一次《安魂曲》,行吗?"

"好吧!"朝夫马上又弹奏起来,小波坐在朝夫身后的地毯上,闭着眼睛静静地听着,一种悲伤和寂寞的感觉油然而生,但绝对不让人厌恶。心中的压力在慢慢地加强,这是一种用任何语言都无法言表的感觉,心一下子沉重了起来。小波猜这是首恋爱的曲子,她已经充分感觉到了。小波的眼前浮现出一片黄颜色的油菜地,一直蔓延到大海。接着,大海的颜色发生了变化,如同从电车车窗看到的颜色,大海好像变成了薄荷颜色的果冻。

"我们再去一次水族馆吧。"朝夫弹完后说,"据说,到了和水獭接触的时节了。我只在书上看过水獭,我想看一看它们真实的样子。"

"嗯,我们一定去。"

"什么时候去?"朝夫看着小波的眼睛问道。

小波觉得朝夫的这张脸逐渐远去,刚才近在咫尺的他却在一瞬间走得很远。

"啊。"小波活动了一下腰。

"怎么了?"朝夫将头侧了过来,一动不动地站在那里。

"明天怎么样?"

"嗯,可明天到底是什么时候啊?"朝夫疑惑地自言自语道。

そのぬくもりはきえない

小波和朝夫一起玩了一会儿游戏，朝夫连续得胜，显得很高兴，他笑着说："我是一个天才。"

看着满脸笑容的朝夫，小波还是有一种若即若离的感觉。

"朝夫会消失吗？"

"你说我？"

朝夫将会去往何方？小波继续打量着四周：窗帘、书桌、床、地毯。这样实实在在的东西能够消失吗？正在收拾玩具的朝夫，还有剪得很短的头发，现在都活灵活现地展现在自己的面前。

小波为了和高岛太太道别来到了厨房。高岛太太和刚才一样，仍旧坐在靠背椅上，但电视机却没有打开。她慢慢将脸转向小波，露出了一丝微笑。小波站在门口，一只脚踏在另一只脚的上面。

"泡些红茶吧。"高岛太太说道。这次的语气不再是命令式的，而是变成了温柔的建议式的。

随后，她拿起旁边的手杖缓缓地站起身来。

"你会削苹果吗？"将开水注入茶壶后，高岛太太像往常一样将沙漏翻转了过去。

"我会。"小波说道。

"其实我也能做，就是会多费些时间，所以还是拜托你吧。不过，不要削到手，慢点儿。苹果在冰箱里，水果刀

在抽屉里。"俩人坐在桌子前。小波慢慢地削着苹果,虽然皮削得很厚,高岛太太却说:"很好,很好。"

"是钢琴的声音。"高岛太太说完,看着小波的脸。那种直截了当的视线,看上去好像想要在小波的脸上读到些什么。

"您听到了?"

高岛太太依旧看着小波,好像在窥视着什么。

"前几天就听到了,但总认为是自己听错了,刚才我又听到了,是你弹的吗?"

小波沉默了,她低着头目光向下,看着红茶里面的方糖慢慢地溶化。

"朝夫,那是朝夫。"小波挺直了腰偷偷地看了高岛太太一眼。她依旧笑着。

"不止这些,我还听到了笑声,是孩子们的声音,是孩子们玩耍时发出的声音。前几天以为自己发烧听错了,看来不是这样。"

"那是朝夫。"小波再次重复着。

高岛太太深深地点着头。此时,小波感觉心里的大石头落了地。待在那里的朝夫,一直是似有似无,现在全弄清楚了,朝夫确实存在!

高岛太太无声地笑了。

"还真是这样,他真的还在。"高岛太太搅拌着红茶,

看上去显得很高兴,准确地说是这件事让她高兴不已。

高岛太太也听到了那首《安魂曲》。

"朝夫,他真的在吗?"

"在,在。"高岛太太稍微弯了下身体,神秘地笑了笑,"托你的福,是你把他带回来的。"

"是吗,可能是个偶然。"

"对,就是一个偶然。"高岛太太不断地点着头。

过后,两个人慢慢地品着红茶,吃着苹果。

"另外,"高岛太太略带犹豫地说道,"有件事非常重要,我想要拜托你。"

"我想把哈鲁拜托你,我觉得此事非你莫属。"高岛太太用另一只手转动着无名指上的宝石戒指说着,"你能帮我照顾哈鲁吗?"

"哈鲁?"小波吃惊地看着哈鲁,哈鲁却悠然自得地伸出舌头,看着俩人谈话。

"我现在年龄大了,朝夫一定要接我到东京那里,和他们一起生活。由于他们住在公寓里,不能养狗,所以不能带哈鲁走了。这样做虽然令我非常难过,但也是没有办法的事情。"

朝夫那里?小波绞尽脑汁地想着。这谜一般的对话,好像让小波坐上了快速轨道滑行车,但列车突然向反方向驶去,而且不断地后退着。

"这是上次我给你看过的照片,这个就是朝夫。"

坐在钢琴前的男人穿着一件白色衬衣,这个短发男人就是朝夫吗?不可能啊!看过站在男人身后漂亮的长发女人和那个女孩儿,小波的目光又回到了男人的身上。看着他的眼睛、鼻子和耳朵,真的很像朝夫。她不断地眨着眼,每一次闭眼的时候,照片中的朝夫都在返老还童,缓缓地变成小孩儿,这种感觉犹如被逆转的时光吸走一样。

"这是参加大赛时的照片,现在朝夫已经是个爵士乐钢琴家了。"

小波的目光没有离开照片,她一想到朝夫,大脑就混乱了,到底是这个朝夫还是那个朝夫……

"朝夫不知什么时候竟变成这样了,真是让人难以置信!"高岛太太淘气地笑了。

小波在内心中对自己说:"朝夫已经长大,已经结婚并有了孩子。小波的身体又在以极快的速度被什么东西向后拉扯着,现如今朝夫已经成了钢琴家。"小波瞬间感觉到,好像时间一下子被强行地塞入箱子里,然后突然"叭——"的一声炸开了。

"朝夫!"

"朝夫在东京的家虽说窄小了一些,但我必须忍耐,朝夫说过,要买一栋新房子,但我真的不知道自己能不

能活到那一天。他几次让我过去我都没答应,到现在我才下定决心。"

高岛太太已经下决心去东京了,她要到身为钢琴家的朝夫那里去了。她不愿意离开这个家,更担心给儿媳小惠添麻烦。但得知朝夫非常惦念自己,每天会打好几通电话,说不愿她独自一个人生活,还说希望妈妈来自己的家听自己弹琴,大家住在一起没有什么问题。儿媳小惠也接过电话请她过去,连孙女朋美也在电话中不断地央求。这才使高岛太太的想法有所改变。

高岛太太笑着说:"也不知为什么,现在我已经想通了。都是一家人,会有什么事呢?什么好与坏,不去做都是无法知道的。这件事我已经同吉原小姐说过了,我唯一放心不下的只有哈鲁。不过,我想如果托付给你……"

"哈鲁。"小波不自觉地喊了一声哈鲁的名字。

哈鲁慢慢地走近小波,好像在问:你们说的是什么?哈鲁用湿润的眼睛仰望着小波,小波轻轻地抚摸着它额头上柔顺的毛。"哈鲁,我爱你。"小波在心里说道。

"你去问一下你妈妈吧。"高岛太太又说,"哈鲁很聪明,脾气秉性又好,特别能够理解他人的心情,真是我身边不可替代的孩子。"高岛太太的声音变得哽咽了。

"我问一下吧。"小波答道。

第十五章

为哈鲁而爆发

"不论你怎么说我也不会同意养狗!绝对不行!"妈妈叹了口气,接着说道,"你好好儿想想,白天家里没有人,狗狗一整天都要独自待在家里,这样对它公平吗?再说了,都这个岁数了,换一个新家它能适应吗?这对于狗狗来说,太可怜了,这些事你能明白吧?"

妈妈熟练地用带着泡沫的海绵在碟子上旋转着。小波发现妈妈忘记了摘下戒指。小波觉得妈妈犹如那块洗碗的海绵,自己的任何东西无论是想说的,还是想做的都可以被吸进去。自己无论说什么话妈妈都会说:"啊,是这样吗?"最后的结果都是予以否定。待在自我日益膨胀的妈妈身边,自己如同冰块一直在融化,在消失。

妈妈认为自己最了解小波了,无论做什么都是在替小波想。妈妈经常说:"知道了,你的心情我完全了解,我比你本人还要了解。绝对不允许犯错误,按照妈妈说的去做,什么也不用担心,一定可以做好。作为你的妈妈,

そのぬくもりはきえない

我既要工作又要做家务,妈妈这么努力,所以小波你也应该努力。无论任何时候,妈妈都会替你着想,会找出对你最有益的办法。这绝对没有错,小波。"

错了?难道自己的手和脚错了?自己的后背和脊梁骨也错了?前胸和肚子也错了?一瞬间,小波觉得自己一无是处。

"明白了吗?"妈妈看着小波。

"哈鲁没有地方可去。"小波的眼睛盯着地面说道。

"有谁喜欢养狗狗,就送给谁吧,这对狗狗来说也是件好事。你可怜它,我可以理解,对动物抱有这样的同情心也十分重要,但咱们必须替狗狗做出一个最佳的选择。听着,还有其他的办法,让喜欢狗狗的人领走,对它来说应该是件幸福的事情。再说了,这么好的狗狗,想领养的人一定不会少。"

"不行。"小波用力拉扯自己的刘海儿,她仿佛看到,哈鲁已经在家中来回地走动,耳边不时响起哈鲁的脚步声,似乎看到它正高兴地摇着尾巴从房间向自己走来。

妈妈洗完碗用毛巾擦过手离开了水池,同时宣布这个话题到此结束。

"我们领养这只狗狗吧。"坐在客厅沙发上的哥哥突然说道。

妈妈解下围裙摇着头:"咱们家不行,如果我把工作

辞了,待在家里那就另当别论。但如果那样,谁来养活我们?这事没商量,我们家不能养狗,绝对不行!"妈妈再一次清楚地下了结论。

"我实在是不明白。"哥哥看着妈妈,那是一种蒙眬的目光。他转向电视机,又回过头来看了一眼妈妈。

"我没和你们说过咪咪的事吗?"妈妈靠在冰箱上叙述着,"我小的时候,家里养了一只名叫咪咪的猫,它全身是黑色的,长着一双金色的眼睛,特别喜欢吃鲣鱼片和牡蛎。平时,它整天看着窗外,但只要一听到我放学回家的脚步声,咪咪无论在什么地方,都会跑到房门前迎接我。它冬天在庭院中阻击飞来的冬鸟,夏天会在树阴下乘凉。只要叫一声'咪咪',抬手之间它就可以出现。但在小学五年级的时候,我有一次放学回家,看到它倒在房屋的角落里,孤独地死去了。咪咪太苦了,死的时候没有人在它身边。我整整哭了一天,最后,我在庭院里挖了一个很深很深的坑将它埋了。当时我想,今后绝对不能让这种事情再出现!"妈妈看着挂在墙上的酸浆果绘画说着,好像酸浆果勾起了妈妈对咪咪的回忆。

"您这么说,好比出了一次交通事故之后,大家从此就不敢坐车了。"哥哥说道。

"哈鲁哪儿也去不了!"小波大声地喊道,声音大到把自己都吓到了。

"不行,不行。"妈妈摇着头。

"这是独断专行,人们都说专制不好。"哥哥眼睛看着电视说。

"等一下,耕平,你指的是谁?"妈妈说着走到客厅,站在了哥哥的面前。

"强迫小波去参加考试的事有吗,强迫小波去练垒球的事有吧?"由于妈妈站在电视机前挡住了哥哥的视线,哥哥挪动了一下身体以便继续看电视。

"到底是怎么回事?"

"就是这么回事。"

"你说我强迫你们,那么,你讨厌吗?考试、垒球和现在的学校,你全部讨厌吗?难道你后悔吗?"

"哼……"哥哥在自言自语地嘟囔着什么。

"你哼什么?你是什么意思?"

"养狗,我坚决赞成!"哥哥半开玩笑地说道。

"这么大的狗,咱家养不了,这事无法想象,在房间里让一条这么大的狗满屋子转,你考虑过吗?如果你外祖母还在,她会说什么?她会瞪起眼告诉你们这是无稽之谈,告诉你们绝对不行!"

妈妈摇着头,好像不想再谈及此事,她拉紧毛衣襟回到了自己的房间。

第十六章

谎话被戳穿

"啊!"在春奈发出尖锐的叫喊声的同时,她碰倒了椅子,自己却站了起来。

这是第二节课后的课间休息,伴着一声尖叫,春奈站了起来。此时,小波正歪着头看着邻桌的明日香打开的画册,照片上是一只鳄鱼戴着太阳镜在做日光浴,明日香目不转睛地看着。春奈尖叫后快速地跑到教室的后面,大家吃惊地看过去。只见春奈蹲在教室的后面用双手捂住自己的脸。

"出什么事了?"女生们都聚拢过来,友绘走到春奈旁说着什么。春奈捂着脸好像在哭泣。

友绘来到春奈的座位前。"哇,这是什么?"友绘的手指向地上。

小波好像看到有什么东西掉在了地上。

"喂,这是什么?"其他同学都过来观望。

是一只壁虎,死了很久并且已经干枯。

そのぬくもりはきえない

村木张望着:"这是壁虎的干尸。"

"太恶心了!"女生们纷纷开口。

"这是谁干的?!"友绘用一种小孩儿打架时,母亲下令制止的口吻说道。

没有任何人回答。

"肯定是羽村。"教室后面的春奈站起身来。

大家都在看着小波。

"为什么是我?不是。"小波的声音很小。

"还说呢,前几天的死螳螂不就是你放进去的?"身穿黄色运动衫的春奈叫喊着,"准是刚才你在我去卫生间的时候放进去的!"

其他同学都向小波投去了怀疑的目光。

"不是!"小波摇着头。

"偷偷放进去的只能是你,你为什么总要欺负我?"

"谁欺负你了?"

"这是什么?你就是欺负人,这样做太过分了。"春奈的双眼冒着怒火。

"如果说不是你干的,你说是谁干的?快说是谁?为什么要干这事?说呀,有证据吗?"春奈的话像连珠炮一般,一句跟着一句。

小波看到了地面上的那只壁虎,这是一只小壁虎。旁边还掉落了一张从记事本上撕下的一页纸,可能是包

裹壁虎用的纸。

"小波不会做这种事。"友绘看了小波一眼。

"嗯。"小波点了点头。"嗯。"她又一次点了头,感觉增加了一点儿底气。

"这张纸?"小波拾起掉在地上的纸,纸上好像写着"过去"二字,字体非常有特点,下面的数字是"二十四"。感觉是使用秃头铅笔写的,这张纸有可能是从算术本上撕下来的。字迹好像以前见过,不过究竟是谁的字体却无法马上断定。

"这不是我的字体,别赖我!"小波的话明确而坚决。

"真的,这不是小波的字体。"友绘看了看这张纸上的字体。

"给我看看。"春奈靠了过来,其他同学也在盯着纸上的字迹。

"那么,这是谁的字体呢?"春奈仍旧不依不饶,这时有个同学说,不管是谁都把自己的名字写出来,做一个字体比对。

"那样也查不出来。"说出这句话,小波不知为什么感觉心情舒畅了许多,"有可能是看到我上次将螳螂放进春奈的书桌里的人,他打算让春奈看一下壁虎,才把它放进春奈的书桌里,并非是故意恶作剧。"

小波目不转睛地盯着壁虎,壁虎很消瘦,看起来年

そのぬくもりはきえない

龄不大,它一定是在夏末出生的,因为天气逐渐转冷又缺少食物就死去了。死时,它的小爪还向前伸着。

小波蹲在书桌和椅子之间,伸手轻轻地拿起壁虎,将它放在桌子上,从口袋里拿出纸巾将壁虎包好。

"没事吗?"春奈用一种安抚的目光看着小波。

"我并不讨厌它。"小波真的不厌恶,更没有觉得它恶心。她将纸包放进自己的书桌里。

"她还真行。""我有点儿恶心。"同学们议论纷纷。

铃声响了,老师走进教室,同学们坐回到自己的座位上,春奈也坐下了。没人将壁虎的事情告诉老师,春奈也保持沉默。数学课就这样开始了。微弱的阳光射进教室。

小波突然觉得身体中一股力量在释放,它走过楼道,走下楼梯,走上运动场,走出学校,走在大街上。还要到什么地方去呢?还要到高岛太太家去,走上坡路,推开大门,进了房间后直接上二楼。

此时,小波发现友绘在回头看自己,她的表情看似有些担心。小波冲她笑笑,仿佛在说:"友绘,我没事。现在我正站在朝夫的房前,这是'心的散步'。"友绘似乎明白了,然后开心地笑了。

"小波,现在你在什么地方啊,补习班别迟到,骑车去吗,自己小心点儿。"又是妈妈的短信,小波立即回复:"

知道了。"

必须抓紧时间,小波到家后,马上回到自己的房间,她拿上小钱包就又走出了家门。在她穿鞋的时候,"现在在哪里?"又是妈妈的短信。"现在去补习班。"小波回了短信。小波将家里的门锁好,大踏步地走上了坡道,她想如果不抓紧时间,朝夫就会消逝的。

小波打开高岛太太的房门,向里面喊了一声"你好!"。哈鲁缓步地走到小波面前,高岛太太也出现在了厨房门口。

"啊,是小波呀,我还以为是真麻呢,快点儿进来吧。"

小波答应着走进厨房,房屋中充满着一种奇怪的气味儿。

"难闻吗?"

"有一点儿。"

听到小波的回答,高岛太太说:"在煎药呢,我让吉原带来的,对关节炎疗效很好。小波,这条围巾怎么样?"高岛太太递给小波一条紫颜色的毛线围巾,"快试一下,看看合不合适。"

小波将围巾戴在脖子上,她闻到了樟脑球的气味儿。

"啊!太好啦,太好啦,还真合适。我从来没用过,还是新的呢,送给你了,拿去戴吧。"

そのぬくもりはきえない

"谢谢。"

隔壁寝室的床上,堆放着好几件衣服。

"我正收拾衣柜呢,里面全是一些不流行的服装,看着这一大堆衣服,我都烦了。"高岛太太笑了。

小波觉得高岛太太今天有点儿奇怪,她显得很高兴,从她说话的声音中就可以听得出来,以前那种无精打采的语调已经荡然无存了,今天变得既爽朗又干脆。

"快过来,这是吉原带来的大福①。"高岛太太说话的声音确实改变了。说话间,她突然站起,就连站起的过程也与以前完全不同了,她的腿脚变得有力了。她没用手杖就走到了桌前,将装有两个大福的塑料包装袋撕破,将大福放在食盘中,递给小波,她似乎想证明,自己可以万事不求人,任何事自己都能独立完成。

"两个大福我一个人实在吃不了。"

小波坐在椅子上吃着大福,她想尽量吃得快些。

"爵士乐是什么?"高岛太太边吃边问。

"这个……我对音乐也不太了解,但我觉得是非常不错的音乐。"

高岛太太笑了:"我想朝夫的话可不是客套,所以这次我要试试,因为剩下的时间不多了。既然下定了决心,

---

①大福:日本的一种有馅儿面食。

就要去做,一旦觉得不行,到时候再想办法。对了,哈鲁的事怎么样了?"

小波看着哈鲁,她真的不想说"不行"两字。哈鲁正朝着俩人的方向抬头看着,那表情似乎在问:"说什么了?跟我有关吗?"小波看着哈鲁的表情想,"不行"两个字自己绝对说不出口。

"倒是还有真麻,不过她家也是住公寓的,没有办法养狗。"高岛太太看着哈鲁。

"那么哈鲁怎么办?"

"已经拜托吉原了,无论是谁,必须找到一个愿意收养它的人。"

"如果找不到呢?"

"没问题,我绝对不会把哈鲁送到寄养所①去的,那样的事,我绝对不会去做。"

"嗯。"小波点着头,刹那间,她感到四肢变得软绵绵的。

"别这么忧心忡忡,我没有责怪你的意思,没事。"

"我们去散步了。"小波的话刚出口,手机又响了,是妈妈的短信:"在哪儿?"

"补习班。"她马上回短信。

---

①寄养所:流浪犬的收容所。

そのぬくもりはきえない

　　小波带哈鲁走出房门,刚给哈鲁戴好狗链,手机又响了:"怎么去的补习班?"

　　还没等小波回,电话就响了,这次是妈妈的电话。

　　"你到底在哪儿?"

　　"补习班。"

　　"你就撒谎吧!自行车就在家里放着,上补习班的书包也在这儿。"

　　小波吓得无话可说。

　　"马上给我回家,现在!"

　　"知道了。"小波挂上了电话。

　　妈妈已经回到了家中,板着脸看着小波。

　　"把补习班的书包拿上,我开车送你去。"

　　小波上了二楼给真麻打了电话,真麻刚好在家。

　　"今天我不能带哈鲁散步了,真麻,你去一下行吗?"

　　"你说什么?"

　　"妈妈让我马上去补习班。"

　　"啊?你没把散步的事情告诉你妈妈?你敢随意逃学,只为了带哈鲁散步吗?"真麻哈哈大笑,"伟大,伟大!真的让我吃惊。好吧,我马上过去。"

　　妈妈一言不发地带着小波前往补习班。

　　下课后,小波看见妈妈的车停在那里。回去的路上,妈妈依然无声地开着车。回到家门口,小波看到了真麻。

那份温暖永不散去

妈妈也惊讶地看着站在黑暗之中的真麻。

"你是哪一位？"

"她是真麻。"小波马上接过话来。

这个名字似乎听说过，和眼前的这个女孩儿也能对上号，妈妈改作笑脸说："请进来吧。"

"不用，我只想和小波说句话。"

"是吗？不过外面又黑又冷的。"

"真的不用了。"真麻做了一个手势表示回绝。

等妈妈进屋后，真麻问："到底是怎么回事？"

"什么事？"

"高岛太太的事，你不会无缘无故地想去高岛太太家吧，你的目的也不只是为了带哈鲁去散步，能说说理由吗？"真麻依旧穿着短袖衫，脖子上扎着一条围巾。

"说出来，可能你会不相信，确实有朝夫这个人。"

真麻摇着头，她的头发也忽悠悠地摇晃着。

"告诉你，今天我又去二楼看了，那里什么都没有，一个人都没有。"

"空的？"小波有一种不祥的预感。

"有关朝夫的事，我也问过高岛太太，她说朝夫曾使用过那个房间，仅此而已。不过，那是很久以前的事情，朝夫如今已经长大成人了。"

"这我知道，可是，前天我们还一起去了水族馆。"

そのぬくもりはきえない

真麻双手交叉地沉默着,她将目光转向黑暗的庭院,随后点了点头。

"我们还要去,已经约定好了。"

"好吧,我相信,我决定相信了。"

真麻重重地在小波后背拍了几下。

这时,妈妈从门缝露出脸说:"已经很晚了。"

"那么,我回去了。"真麻走了没有几步,马上返回来说,"能够看到那个孩子的只有你,说不定是你的运气太好了。"

小波走进家门看见妈妈正在厨房,妈妈身穿一件白色的羊毛衫,背对着小波正在切着什么东西。

"晚饭吃什么?"小波故作轻松地问道。

妈妈没有回应。

小波站在妈妈身后,注视着妈妈。在她转过身正准备上楼之际,妈妈突然开口了。

"有什么想说的吗?"妈妈切着洋葱问小波。

小波的嘴紧闭,不知该说些什么。难道说朝夫的事?如果将近期所发生的一切,讲给妈妈听,妈妈能明白吗?这绝对是件无法完成的事情。

"没有想说的吗?"妈妈的表情看上去很悲伤。

"你不仅补习班逃学,垒球练习课也逃了吧?因为你这几天队服都没有脏,我还觉得奇怪呢,猜你是为了让

逃课的事情不致暴露,把队服故意塞进洗衣机里了吧?这样的事是小波干的吗?!"妈妈叹了一口气。

小波如同一根柱子一样杵在那里。

"到底为什么?"

妈妈的目光好像想切开小波的身体,看一看里面到底隐藏着什么东西。

"难道说,钱包里的钱……也是小波?你说话呀。"妈妈痛苦地说着。小波知道,这是妈妈既不相信也不想证实的事情。

"上个星期日到哪儿去了?午饭的三明治被你扔进了垃圾箱,你以为妈妈对这一切都一无所知吗?"

小波感觉心里非常压抑,她突然想说出朝夫的事情,但却不知该如何说起。而且一旦向妈妈说明朝夫的事,妈妈一定会问:"你为什么要说这样的谎话?"自己使用什么样的言辞也别想在妈妈面前解释明白。小波盯着妈妈围裙的花边,仿佛听到了钢琴声,那是朝夫弹奏过的勃拉姆斯的《安魂曲》。钢琴的声音将小波的心带到了远方。小波非常吃惊,因为妈妈哭了,妈妈因为自己而落泪。

妈妈深深地出了一口气后,似乎已经消气了,她默默地望着小波。

妈妈将会变成什么样子,此时不安向小波袭来,她

已经束手无策了。她在想：全是自己的不对，因为自己做了一个天大的错事，所以妈妈才流泪，这是自己带给妈妈的痛苦。

"小波，到底发生了什么？嗯？为什么你变成了这样的孩子？你倒是说话呀！"

小波依旧是沉默不语，她感到自己的身体渐渐地变得僵硬起来。

此后，妈妈不断地叹息，每次叹息都会让小波感到周围变得越来越昏暗，自己好像有一种失去亲人的感觉。与此同时，小波又觉得这一切好像与自己无关，妈妈虽然还在身边自己却无法靠近。妈妈嘴上说："你倒是说话呀。"但妈妈的表情却在说："我什么也不想听！"妈妈对小波的所作所为非常吃惊，非常生气，这些小波很清楚。"我现在真正变成了一个无可救药的孩子。"小波真想把这句话说出来。自己如今已经不再是妈妈喜欢的那个温顺、努力的小波了。

小波听到了自己的心声，它的声音虽然微小，却像在传递着某种东西：小波，自己已经拥有的东西绝不能丢失，一定要坚守住！小波沉默地直视着地面。

第十七章

朝夫消失了

小波的决心已定,绝不动摇。从昨晚开始,她就决定了一定要这样做。过去自己那迟缓的回家的脚步,现如今已经变成义无反顾地快步前行了。

昨天,妈妈的商店休息。早上出门前,妈妈告诉小波放学要直接回家。小波在回家的路上,收到的不是短信,而是妈妈的电话:"在哪里?"妈妈连问了三次。小波回到家中,看到妈妈提前准备好的刚出锅的烤饼和可可饮料。小波很快吃完了一个烤饼。这期间,妈妈只是断断续续地说过几句冷冰冰的话。吃过午饭,妈妈开车把小波送到了体育场,傍晚练习结束后妈妈又来接她。

"真麻是个什么样的孩子?"开车回家的路上,妈妈用生硬的语气问了一声。

小波只说了两个字:"普通。"

"是她叫你去的吗?听说那个孩子做了好多份兼职。"妈妈好像在质问。

そのぬくもりはきえない

小波想：妈妈怎么会联想到这么多的事情。

"不是。"

"星期日，你和那个孩子去了什么地方，那钱是不是她让你带去的？"

"不是。"一种更加强烈的情愫在小波的内心涌动。

"那么为什么？"

小波沉默无语，呆呆地看着天空中的月亮。

"不能说吗？"

小波仍旧看着月亮，妈妈叹息着。

"不管怎样，今后不许随便逃课，知道吗？！"

小波紧闭着嘴唇。

小波在垒球练习的时候，一直在想朝夫的事。朝夫可能已经消失了，她的思绪无法停止。

"小波，我们约定好了。"妈妈的声音更加生疏了。

"嗯。"小波觉得，这只是答应而已。

当天晚上睡觉前，小波就下定了决心：无论如何明天都要到朝夫那里去，和朝夫一起去水族馆。她睡前把小钱包放入书包，计划着明天放学后直接去水族馆。因为自己一旦回家妈妈就会看住自己，如果被妈妈抓住不放，就再也不能到高岛太太家里去了。

第二天放学后，小波口袋里的手机响了，停住脚步一看是妈妈的短信："在哪里？补习班的卷子和其他的东

西别忘了。"最后还加上了笑脸的符号。"回家途中。"小波回了短信。

已经看到高岛太太家了,小波走上坡道。

小波轻轻地推开房门,趁哈鲁没有出来以前,她压低脚步声快速上了二楼。

她一下子推开了门。

"啊!"朝夫转了过来。

"你还在这儿?"

"你说什么啊,我一直都在啊。"

朝夫上身穿白色毛衣,下身穿着一条运动裤,坐在散乱地堆放着各种东西的床上。

"去水族馆吧。"小波显得有些焦急。

"我以为你不会来了。"

"走吧,马上走!"小波催促着。

"现在吗?"

"从那天起过了几天了?"

"很长时间了。"

"好!走吧。"

站在门前,小波突然感到有点儿害怕,她看了一眼朝夫,朝夫淘气地笑着伸出了手,小波好像完全做好了准备,伸手紧紧地抓住了朝夫的手。打开门,两人一起迈出了脚步,一起走下楼梯,一起走出大门。朝夫一直没有

そのぬくもりはきえない

消失。

"喂,这次我真的来到了这边。"朝夫充满感激地说道,他抽出被小波拉着的手。

电车上开着暖气,车厢里全是身着校服刚刚放学的高中生们。

"这些人都是高中生?"朝夫看着身穿短裙的女学生和穿着松松垮垮校服裤子的男学生。

"是呀。"听到小波的回答,朝夫继续说:"无论过去多少年,校服还是要有的,不过看到那种发型,总觉得哪里变了,又好像没有变,反正现在多少有些明白了。"朝夫的双眼始终没有离开这些高中生:这些高中学生有的在看手机,有的在闲聊。小波同样审视着这些人:有的人高兴地笑着,有的人显得很烦恼,有的人则显得很郁闷,更多人明显露出睡眠不足的疲态。

"你这么喜欢去水族馆?"朝夫问小波。

"嗯。"

"你喜欢鱼吗?"

"鱼很漂亮。"

小波觉得的确不只是因为约定,可能还有其他的感情杂糅在里面。前几天和朝夫一起去水族馆的时候,产生的那种刺激的感觉,以后还会出现吗?但这些感觉小波不想告诉朝夫。

"你平时去水族馆带书包吗?"朝夫看了看地面笑了。

"这个没办法。"谈话之间,手机又响了,是妈妈的短信,小波没有读短信就直接关掉了手机。

来到水族馆,馆员告诉他俩进馆时间截止到五点。

"现在几点?"

"四点四十五分,即便进去也只能看十五分钟,这样只会浪费钱。"

小波犹豫了一会儿,但还是掏出了钱,这时,那个服务员说:"不用了,只有十五分钟。不过,只限今天哟。"

两个人急忙穿过了大门,向企鹅池走去。广场的光线暗了下来,只有几个参观者在企鹅池前。两个人寻找着水獭,只见企鹅池对面有一个网笼,上面挂着"小爪水獭"的金属牌。小爪水獭们长得有些像猫,耳朵很小,身体细长,脸长得有点儿像狐狸,但比狐狸的脸要小得多,它们的茶色皮毛十分光滑,还有一对黑色的小眼睛。其中的两只正挤在一起睡觉呢。

"这就是水獭。"朝夫蹲下身来说道,"它是成年水獭吗?个头儿也太小了。我一直以为水獭应该长得很大,皮毛油滑油滑的。这种小爪水獭个子太小了,意外意外。"

朝夫对水獭非常感兴趣,面对睡觉的水獭,他真想叫醒它们。

小波离开了朝夫独自去看海狮。只见一团巨大的黑

色东西堆在混凝土台上,哪边是头哪边是尾,根本无法辨认,它的皮毛油光闪亮,实在太大了。那堆东西一动不动待在那儿,看上去像是睡着了。突然间"呜——"的一声,那个黑色的物体动了起来,潜入了水中。

广场上播放着欢送曲:"已经到了闭馆时间,感谢您的参观。"

小波回去找朝夫:"我们回去吧。"

"唉,好不容易来一趟。"朝夫根本就没想走。

"时间到了,必须走了。"

出口的地方,身穿粉色夹克的水族馆工作人员正在清场。

"那些人正看着我们呢,再不走要挨骂的。"

"为什么光想着他们合适,不走不行吗,今天到水族馆来,不是你决定的吗?"

"时间的关系,我也没有办法呀。"

"不要命令我!"说着朝夫闭上嘴,不情愿地离开了围网,向出口走去,小波紧随其后。

路过最后的建筑物时,其他的游客都向出口走去,海龟池前的商店里已经空无一人了。朝夫快步地走着,从他的背影中,小波看出朝夫真的生气了。

突然,朝夫停住脚步转过身向后面看去,迅速扫了四周一眼,用力地拉开了门,然后就消失了。

发生了什么事?小波注视着这扇刚刚关上的门,这是一扇非常厚重的铁门,门牌上写着"管理室"几个字。身后传来广场关门的声音,工作人员已经锁好了大门,他们过会儿一定会检查这里的。小波马上拉开了朝夫刚刚进入的那扇铁门,里面漆黑一片。

"关上门。"有人说话,小波听话地关上了门。

"出了什么事?"

"我不能回去。"朝夫近在咫尺,小波却看不见他。

"你说不能回去?"黑暗中,俩人面对面交谈起来。

"还不能回去。"

"可我们待在这里,会被人家发现的。"

"闭嘴。"朝夫的话有些斥责的意味。

小波选择了忍耐。她不知道这个房间有多大,只能闻到一股股湿冷的潮味儿,没有别的办法,她只能保持沉默,朝夫也没有再说话。

黑暗中小波伸手摸了摸墙壁,确认了墙壁上没有东西,她靠在了平整的墙上。在这间黑暗、寒冷、无声的屋子里,小波产生了一种莫名的紧张感,她觉得这扇门随时会被打开,那时自己一定会遭到别人的责骂。到时该如何解释呢,黑暗中,小波用双手捂住了自己的脸。

过了很长时间,这扇门始终没被人打开。朝夫一言不发,只有一次小波为了确认朝夫的存在,小声地叫了

そのぬくもりはきえない

他一声,朝夫做了回应。

小波在寂静之中等待着。

小波感觉朝夫开始走动了,她听到了门锁转动的声音。朝夫将门打开了一条小缝,观察了一会儿外面的情况,然后推开门说了声:"出去吧。"

现在,馆内的照明灯全部熄灭了,只有广场出口处的诱导灯在闪着绿光。馆内空无一人,异常安静,远处响起微弱的发动机的转动声,商店的卷帘门已经全部拉下,如此硕大的建筑物中只有他们两个人。

朝夫对小波说:"走吧。"

两人依靠馆内的长明灯悄无声息地前行着。

靠近水槽时,他们好奇地向里面望去,但水槽很黑,无法看得清楚,只能隐隐约约地看到有什么东西在游动。

接着,他们又来到了一个大水池。一个黑色的影子在那里游动,应该是小海豹和它的妈妈。朝夫将脸贴在玻璃上向里面看,海豹们好像发现有人接近,也游到水槽边要看个究竟。

"你好!"朝夫热情地和它们打着招呼。

小波听到"啪"的声响,不知是什么鱼跳跃时发出的声音。

旁边的水槽是鳄鱼池,它们身长两米以上,一共有三条,小波将眼睛靠近什么也看不清,所以小波猜它们正悠然自得地游泳呢。

随后他俩来到鲨鱼槽,黑暗的水中有东西在游动。

"看不见吧。"

"夜间的大海是黑暗的。"朝夫说道。

走到大水槽的通道,这里实在是寂静无声,有如来到了海底,借着长明灯微弱的光线,他们隐隐约约地看到鱼在游动。朝夫停下了脚步抬头看去,小波也抬头望去。只见一个巨大的影子从他俩的头上通过,跟在它后面的各种小鱼数不胜数。

"鱼儿们夜间也会不停地游。"说完,朝夫坐在了地上,小波也放下书包就地坐下。她想问,还要在这里待多久,但她没有开口。

"来到这边,再回去,我想自己该变成叔叔了。"过了一会儿,朝夫又说,"这一点让我很担心。"

"嗯?"小波觉得自己像是在海底听着朝夫的话,小波怀疑自己是在这边呢还是在那边。

"我注意了一下,任何地方都没有发生变化,还都是原来的样子,不过……"朝夫重重地吐了口气。

"不过什么?"

"多少觉得有点儿不对劲。"

"是什么?"

"我不清楚,但我觉得自己的眼睛已经变成了新的眼睛,用新的眼睛我看到了各种各样活生生的东西:这里面有哈鲁,有成熟的柿子,还有妈妈那长长的白发,各种各样,比自己想象的更多。"

她瞟了朝夫一眼,看到朝夫仍在眼望上方。小波一直担心朝夫会消失,这种担心始终在她心里涌动,让她无法平静。她觉得自己必须和朝夫说些什么,为了不让朝夫消失,她必须说些什么。

"那个……"小波刚一开口,朝夫也叫道,"羽村。"两个人几乎是在同时发出了声音。

"什么?"小波问到。

"怎么总觉得,我是生长在海底的动物。"

"你说什么?是说我们像鱼一样吗?"

"我感觉好像一个人在游泳。"

"啊?!"小波笑了。

"或者像海狸鼠。"

"太可怕了。"

"羽村,你也是新事物吗?"

"你指的是我对朝夫的新感觉吗?"

"对我?"

"嗯,新的感觉。"小波答应着。

这时,不知什么地方的小虫在鸣叫,为什么它们会

在建筑物里面,确实不可思议,但小虫们一直在叫着。远处传来了关门的声音,随后又听见脚步声,是从门口方向传过来的。朝夫和小波压低了脚步声又返回了里面。从那边怎么走才能回到原来的地方,朝夫对此全记在了脑子里,他们快步地原路折返,又藏在了刚才的管理室里。

"肯定会回到原点的。"朝夫在自言自语。

"多少有些奇怪,怎么像是在玩捉迷藏。"小波将声音压得极低。

同样的房间,小波刚才还非常害怕,如今已变得无所畏惧。心中依旧忐忑不安,却非常愉快。

"我要一直待在这边,一直躲藏在这里生活。"朝夫倒像是在演恶作剧。

"在水族馆?"

"是呀,长大后我就在水族馆工作,成为水族馆的工作人员。"

"那样的话,我还在夜里来,偷偷地钻进来。"

"不过,一旦我消失了,你妈妈肯定会找你。到那时,你可真的变成人间蒸发了。"

"是呀,那可要出大事了。"

过了很长时间,朝夫推开铁门,两个人再次走到外面。

"向外走。"朝夫说着如同水族馆工作人员一样,熟门熟路地向广场出口走去。

"朝夫,你长大以后真的要当钢琴家吗?"

"唉,以后的事情谁知道。"朝夫继续朝前走着。

广场出口处的门没有锁,他俩走到外面,虽然有些黑,但月亮已经出来了,他们走到水獭的地方,隔着栅栏一看水獭没了,它们大概都进了小屋,小屋的门紧闭着,它们应该正在里面睡觉。

"我要去趟厕所。"

"你可要马上回来啊。"小波说道。

朝夫刚跑进厕所,里面的灯全亮了。

这时,传来一声狮子般的吼叫,那一定是海狮的叫声,小波走到海狮的水槽边。借着月光看到了一头海狮在那里睡觉。风不停地吹着,广场四周的树木发出沙沙的响声。朝夫还没有回来。小波又走到企鹅旁,它们有的钻进洞穴,有的趴在水泥台子上。月光照在它们的身上,折射出艳丽的闪光。

"啊!"小波突然想到了什么,急忙朝厕所方向跑去。

"朝夫!"小波在外面呼喊着他的名字,厕所里却没有任何回音。

"朝夫!"里面好像没有人,小波冲进厕所,里面确实没有朝夫。她看着厕所里面的瓷砖,努力寻找着朝夫的影子或朝夫留下的痕迹。

小波走出厕所又回到水獭的池边,这里同样没有朝夫。小波反复着闭眼睁眼的动作,但仍没有看到朝夫的身影。朝夫什么也没有留下。这一次朝夫真的消失了,走了,没了……

小波环视着四周,广场周围的树荫下,小房子的后面,自己的脚边……她没有发现任何活动的东西。

这时,水池那边传来了水声,小波转头看去却没有人的影子。小波在黑暗的广场上慢慢地走着,听着阵阵的流水声,她突然觉得朝夫的身影会从什么地方突然出现。小波走过企鹅的水槽,走过海狮的水槽,又走过海豚的水槽,朝夫仍旧无影无踪。

小波想到从此再也见不到朝夫了,痛苦的泪水开始不停地落下。她哭着走过广场,却仍然无法找到朝夫存在的痕迹,这次朝夫真的消失了。小波的双腿失去了力量,她软绵绵地蹲下来,抱着双膝痛哭不已。那种痛苦的煎熬着的感觉,仿佛心脏被什么东西无情地紧紧勒住了。怎么办?怎么办?小波忽然意识到,自己很有可能已经喜欢上了朝夫……

不久,小波站了起来,她真切地感到自己已是孤零零的了,心中也空空荡荡,好像所有一切全被一阵微风吹得一干二净。

第十八章

妈妈的转变

"这边。"

小波突然听到了说话声,她仿佛刚刚从梦中醒来,连忙朝四周看去。

"这边。"又传来了一声叫喊。

空旷的广场上,没有任何的身影,展示池边和观众席上也找不到人,突然间一种恐惧感向小波袭来,她觉得眼前一团黑糊糊的东西在不断地膨胀。小波的眼睛睁得大大的。

"小波!"小波听到一个熟悉的声音,她将目光转向那边。

"这边,说的是这边。"声音来自海豚水槽的对面,是广场围栏的方向。

会是谁呢?小波战战兢兢地走向发出声音的地方,她看不到人影,不过像是真麻的声音。

"在哪儿?"

"这里,这儿。"在围栏外的树木之间,小波看到了一只白白的手在摇动。小波走了过去。

"还是我的判断正确。"虽然没有看到她的脸,但小波知道那就是真麻。

"小波,只有你一个人吗?"

"是的。"

"那个叫朝夫的男孩儿呢?"

"消失了。"

"嗯。那么,快点儿出来吧,你想一个人住在水族馆吗?"

"等一下,我从出口绕过去。"

"笨蛋,出口那边肯定有值班室,你会被警卫发现的。就从这儿出来吧。抓着栅栏网爬上来,这个高度对你没有问题。"

"啊?"小波抬头看着高高的栅栏网,心中有点儿怀疑。

"爬上来!"

"我能行吗?"

"你能做到!"

小波背着书包抓住了冰冷的栅栏网,她用脚踩在网格的空隙间,小心翼翼地攀爬上去。不知为什么,越靠近上面,栅栏网摇晃得就越厉害,这可比小时玩儿的攀登架高多了。

そのぬくもりはきえない

"把书包扔过来!"真麻站在下面对小波说。

小波从背后取下书包扔了下去。

"好了,下来吧。"

"我害怕。"

"没问题,伸出手抓住树枝。"真麻果断地下着指示。

小波犹豫地伸出手,拽住了栅栏网外的大树。

"用力抓紧,千万不能撒手,把重心移到那边,双手抱紧树干!"

按照真麻的指令,小波紧紧地抓住树干,将身体倾向大树,寻找着可以踏脚的树枝,最后成功转移到了树上。

小波慢慢地滑下来,衣服却被树枝剐破了,发出"嘶嘶"的声响,小波对此丝毫没有在意。

真麻背着小波的书包,双手叉着腰看着小波从树上下来。

"成功逃脱!"真麻显得很兴奋,"走吧。"真麻说着和小波一起走上了回家的路。

大街上没有一个人,道路两旁的卷帘均已落下。

小波的心已然枯萎了,但内心深处依旧惴惴不安。是悲伤,是寂寞,连她自己都无法说清,她只觉得自己就像一棵完全枯萎的小草。

小波觉得再也没有办法再次见到朝夫了,任何地方

也找不到他了。小波猜想朝夫正在遥远的城市里,已经变成了大人。就像是已经发出的电车,谁也无法让它立即返回。自己再也无法抓住朝夫了。

"快到深夜了,不知为什么,我觉得挺有意思的,要不我们俩去什么地方转转。"真麻悠然自得地说道。

"去什么地方?"

"去哪儿呢?要说钱的话,我带了二万六千日元。"

"怎么有这么多?"

"不要忘了,我每天都在打工。"

"是吗?"

"万一碰到有事的时候,没有钱就很为难了。"

"万一?"

"比方说,像今天这样,你失踪了,平时一点点存的钱,在需要的时候,可以一下子花完。"

"我没失踪。"

真麻将妈妈已经打了两次电话找她的事告诉了小波。

"我妈妈生气了吗?"

"听着倒不像,不过你可真行,我要重新认识你了。"真麻拿下背在肩上的书包,递给了小波。

小波这时才开始怀疑,真麻怎么知道自己去水族馆呢?小波直接问了真麻。

"接到你妈妈的电话,我马上就反应过来了,前几天,你说过要和朝夫一起去水族馆,对吧?你还说已经约好,所以我琢磨着一定是这样。"

"这些事,你都告诉我妈了吗?"

"没说,我绝不会把这些事随便说出来的,我只跟她说我去找找你。听那口气,这件事已经引起了巨大的骚乱,你妈妈还给许多人打过电话。说不定现在,你妈妈有可能还向警察局报案了呢。他们怀疑你被诱拐或是被杀了。"说着说着真麻笑了。

"真麻,你今天没有穿半袖?"

真麻竟穿了件羽绒服。

"嗯,我不知道会出什么事,所以牙刷、毛巾、内衣、内裤我都带上了。"真麻拍着肩上背的牛仔包说道。

"是这样啊。"小波也笑了。

离渡船靠岸还有一段时间,她俩坐在长凳上,真麻从书包里拿出一个咖喱面包和一个牛奶面包。

"你吃哪一个?"

小波选的牛奶面包,面包已经被挤扁了,她撕开包装吃了起来。

吃完不久,就开始检票了。

上了渡船,她们站在甲板上,迎着阵阵海风眺望着大海,依稀可以看到远方小镇上的灯光。黑暗的大海和深邃的天空交汇在一起,让人分不清哪里是大海,哪里是天空。小波感到大海真是深不可测,在这黑暗的海底,应该有无数的鱼在游动。渡船正朝那片平坦的陆地驶去。

"你说什么?我没听清。"小波反问着。

"我们不如离家出走吧!"真麻大声地说道。

"什么时候?"小波同样大声地反问道。

"我还没想到,什么时候呢?比如我们遇到难题的时候……"真麻面朝大海笑着说道。

"怎么去呢?"

"乘船去,所以我说你应该多存些零花钱。"

"知道了。"

真麻高兴地点着头,重重地拍着小波的肩膀。

远方平坦的陆地,随着渡船慢慢地靠近,远处亮着光的高层楼房也近在眼前了。渡船码头的旁边应该是游乐场,灯火通明的大缆车高高地耸立在那里。码头上的灯光逐渐变大,渡轮却不断地变小,像被吞下去一般进入了防洪堤。

真麻劝小波给妈妈打个电话,小波在站台上拨通了妈妈的电话,这时已经快十点了。

"我现在正在乘电车,和真麻在一起。"

听小波这么说,妈妈问:"和真麻在一起?为什么?什

么地方?"妈妈的声音有些吃惊。

小波说自己去了水族馆,真麻是来接自己的。

"没事就好,不是别人带你去的吧,直接回来吧。"妈妈惊慌失措地说道。

妈妈放下电话就去了检票出口。看到小波后,妈妈快速跑过去一下子抱住了小波,仿佛在确认她有没有地方受伤一样。

小波说了一声:"我回来了。"

"嗯。"妈妈使劲儿地点着头。

妈妈把小波和真麻送上车,然后拨打了某人的电话:"现在刚回来,平安无事,给您添麻烦了。我改天登门道谢,对不起,实在对不起。"妈妈在给别人道歉。同样的电话妈妈打了三个以后,发动了汽车,在送真麻回家的路上,妈妈一再向真麻道谢。

"不用!不用!"真麻简短地回答后,望着窗外发呆。

"小波小的时候,一到晚上就哭个不停,不知是什么原因,一到四点钟就开始哭。到了夏天的傍晚,你爸爸经常带你到河边来,抱着你唱歌。"

小波将车窗稍微打开,寒冷的空气吹到脑后。小波看了一眼真麻,只见她用手托着下巴,直勾勾地看着窗外。

不一会儿真麻的家就到了,她走下了车。

"我必须跟你父母道谢,现在这么晚,还让他们担心。"妈妈想同真麻一起上楼。真麻连忙拒绝:"不用,没关系的。"

真麻走后,妈妈问小波:"去吃饭吗?"

虽然这里离家很近,但她们并没有直接回家。

"我这个担心呀,太担心了。"妈妈说道。

小波坐在后面的座位上,她的脸红得发热。

她们走进一家中式餐厅,妈妈让小波挑些她喜欢吃的。小波要了一份炒面,妈妈和小波一样。在等待炒面的时候,妈妈呆呆地掰着手指头。

小波依然惴惴不安,水族馆里黑暗的阴影依旧笼罩着她的内心。

"真想喝杯啤酒,可是开着车呢。"妈妈自言自语道。

妈妈真生气了吗?小波抬头看去,妈妈却笑了:"平安无事回来就好。"

小波用手擦擦鼻尖。

"我们用果汁干杯吧。"说着妈妈抬起手,"两瓶橘子果汁。"

果汁即刻上来了。

"干杯!"妈妈说着,两只杯子碰在一起,微微发出"砰"的声响。

"我们家养只狗吧。"妈妈说完,喝了一小口饮料。

そのぬくもりはきえない

"养狗,这行吗?"

妈妈点着头,那是一种缓慢平稳的点头方式。

"妈妈在小的时候养过咪咪,小波还没有养过什么宠物呢。"妈妈眨了几下眼睛,略微看了一眼小波。

小波不明白妈妈为什么对水族馆的事情只字不提。虽然自己已经准备好妈妈的随时提问,但妈妈至今也没有提,相反,却不停地爱抚着自己。

炒面端上桌来了。

小波愉快的心情在逐渐膨胀:哈鲁要到家里来了,真是难以置信!哈鲁将成为我的哈鲁。小波吃着炒面,脑中浮现出哈鲁那双黑黑的大眼睛。

"我去过高岛太太家,可能你也知道,高岛太太表扬了你,说你是个温柔的好孩子,对哈鲁也好,对她也好,还说她现在恢复得很好,非常感谢小波。"

"哈鲁在吗?"

"嗯。"妈妈点了点头。

"当初,我虽然养了咪咪,可你外祖母不喜欢,经常挑剔咪咪的不是,唠叨着猫的脚印或猫毛之类的。一次咪咪叼着一条蛇回来,你外祖母还用鸡毛掸子打它。咪咪是只母猫,经常会生下小猫。你外祖母每次都会将还没有睁开眼的小猫装进袋子里,然后把它们扔到河里,扔完还亲口告诉我。"

那份温暖永不散去

有这种事，外祖母真的说过这样的话？小波看着妈妈夹起的蘑菇想着。

"她跟我说完就去了河边。这么做实在太残忍了！她还告诉我，'自己做不到的事情，不要让孩子们去做'。"

随后，妈妈不停地吃着炒面，吃完后看到小波还剩下一半，说了声："吃点儿麻团吧。"随后，马上要了一盘。

"这种事情，我真的不想去做。"妈妈又拿起刚刚放下的筷子在手中转着，"有些地方，我可能非常像你的外祖母。"

平时一直自以为是的妈妈，考虑再三后说出了这句话，这是一种与往日不同的感觉，小波怀疑：是不是哪里搞错了，妈妈到底是怎么了？

"小的时候，咪咪一直听我的话，我虽然想解救咪咪，却始终没有做到。"妈妈的声音显得异常平静。

小波和往常一样，打算尽快吃完东西，她努力用饮料将它们送下去，炒面碰到喉咙后让她有被噎着的感觉。

"不必这么急。"妈妈说着，目不转睛地看着小波。

但小波还是急匆匆地吃完了。

因为什么？怎么回事？这些妈妈都没有问及，取而代之的是小小的叹气。妈妈好像用喘息代替了说话。

"妈妈也想了许多。"说着妈妈拿起一个刚端上来的

麻团吃了起来。

"妈妈,警察会来吗?"小波问。

"不来了,不来了。"妈妈笑了。

妈妈的电话响了,她用非常客气的语调说"让您费心了"或者"实在对不起"之类的话,向对方道歉。

"是你们校长打来的电话,我说小波有些累了,需要休学。"

"我不累。"

"真的吗?"妈妈看着小波。

妈妈的眼中,没有生气,没有悲伤,没有猜疑,更没有失望。妈妈的眼睛深处充满着为难、惊诧、怜悯和关爱。看上去妈妈还想说些什么,最终却什么也没说,只是下意识地用纸巾擦拭着桌子的边缘。

第十九章

那份温暖永不散去

转天,小波又来到了高岛太太家。推开门后,吉原小姐走了出来,哈鲁摇着尾巴也从走廊那儿走了过来。

"小波,请快点儿进来。"吉原小姐连忙打招呼。

小波走进房间后看到了厨房门口的高岛太太。今天的房间里还是充满了一股煎药的气味儿,除此之外,还有一种甜甜的气味儿。

"我想说……"小波刚一开口,就觉得自己今天的声音非常清脆,"我要带走哈鲁。"说完这话,小波非常开心地笑了。

"好啊,好啊!"一直坐在靠背椅上的高岛太太说道。

"拜托了,这下高岛太太就彻底放心了。"吉原小姐高兴地拍着手。

小波蹲下来抚摸着哈鲁的头。

房间里有了些变化,厨房和寝室中间的地上放着两只粉色的塑料衣箱,里面是空的,旁边堆放着像小山一

そのぬくもりはきえない

样高的衣服,桌子旁边还放着一只装满物品的黑色塑料袋。

"太高兴了,这下我就放心了。吉原,我已经没有什么需要牵挂的事情了。"高岛太太异常兴奋。

"什么牵挂的事情?又不是在说身后事,不要说这种话,新的生活才刚刚开始。"吉原小姐站在灶具旁搅拌着锅中的东西。

"是呀。"高岛太太打开放在膝上的便笺纸,她手握铅笔在上面写下些什么。

"真是奇怪,什么歌也想不起来了。"高岛太太在便签纸上写着短歌[①],"以前,我参加过短歌会,的确写了不少,自从腰痛以后,写的全是有关腰的短歌,后来自己觉得不喜欢短歌了,就不再写了。虽然不是多么出色,但也可以说是我的日记。"高岛太太笑出了声。

旁边的桌子上放着朝夫的照片,小波看到的照片是成年的朝夫。是那个走得很远很远的朝夫,照片上的他将手放在钢琴上正面向镜头微笑着。

"已经为哈鲁准备好了,快过来吃吧。"吉原小姐笑着说。

"还是让我先带着哈鲁去散步吧。"小波显得十分兴

[①]短歌:一种日本的填词形式,音律是五七五七七,共三十一个音节。

那份温暖永不散去

奋。

"好了,你们快点儿去吧。"听到吉原小姐的话,小波走向房门。

小波走到楼梯旁,对哈鲁说了声:"在这儿等我一会儿。"她再次登上楼梯。

同往常一样,小波先是看看房门,又轻轻地敲响了门,但这次真的没有回应了。

房门被打开了。房间的样子完全改变了,现在真的成了一间空房子。房间里的钢琴、书桌还在,但一眼就可以看出这些东西已经很长时间没被使用过了。

小波走进房间:地上没有铺地毯,床上没有任何遮盖,捆绑好的报纸、杂志,还有一些纸箱和装有一些物品的破旧塑料袋堆在床上,所有的地方都落有灰尘。看起来这些东西放置在这里已经有相当长时间了,好像已经完全被人们遗忘了。小波闻到房间里全是潮气。

明明是朝夫使用过的房间,怎么会彻底变样了呢?许多重要的东西全部消失了,任何地方都没有留下朝夫的痕迹,那些书柜和钢琴摆放在那里,如同已经逝去。小波轻轻地打开琴盖,黑白的键盘整齐干净,闪闪发光,再次勾起小波的伤感。小波走到窗前,掀开窗帘的一角向外望去,窗外变成了她熟知的那个世界,那辆紫色的汽车也像往常那样停放在院里。

そのぬくもりはきえない

小波看了看天井，又看了看地板。接着，她拉开了书桌的抽屉，里面有一个圆规和一个量角器。小波又打开了一个稍大的抽屉，看到里面有用塑料袋包着的照片，还有一张唱片。小照片的封面是四个年轻人。小波明白了，那就是勃拉姆斯。唱片下面是一个笔记本，笔记本上用铅笔写着"高岛朝夫"的名字。字体虽然有些孩子气但绝对是朝夫的笔迹。小波吓了一跳。她猜这个笔记本是朝夫很久以前用的，里面应该是他孩提时写出的东西。小波打开了笔记本：里面是一张鱼的绘画，朝夫真的如此喜欢鱼。小波翻着书页，突然翻到写有"羽村"的那一页。最初，她猜测写的内容可能还是和鱼有关的，不过，接着看下去发现并不是鱼。小波渐渐明白了，这里面写的是一个突然出现在朝夫门前的女孩儿。小波想，这里面写的事情莫非和自己有关？不然为什么会写有自己的名字呢？突然间，有一种感觉再次向她袭来，她的脑袋仿佛被一只巨大的手用力地向后面拉扯着。

写给羽村

羽村究竟是谁？

最初，我认为羽村是从什么奇怪的地方来的，她来得异常突然，犹如一个幽灵。一个四年级的女孩儿是一个幽灵？这事可能吗？我想了许多。

那份温暖永不散去

羽村虽然已经无法再次现身,但我还是要把她记录下来。因为这件事和任何人讲都无法令人相信,所以我要记录下来,不然就会变成谎言。因为成年以后,一些东西都会被忘却,但我并不想忘记她。

羽村,你不喜欢打垒球吧,所以你逃课了。我不十分了解你的心情,但看到你那瘦长的身材和那纤细的手腕,我总怀疑你是否真的适合垒球。如果我问你,你可能会说"我不知道",但是,我觉得现在的羽村,如同我曾经饲养的宠物仓鼠[1]。见到羽村后,我想过很多事情,不知为什么,一想起羽村就会联想到我饲养过的宠物仓鼠。虽然仓鼠已经死去,但羽村的将来一定会活得很长,很长……

羽村,你有兄弟姐妹吗?你家里几口人?学校有意思吗?对羽村的事情我了解得不多,问得也很少。羽村,你少言寡语,在水族馆的时候我就想问你,现在想起来,对于那边的事情我要是多问一点儿该多好。

我现在正在学校。我时常想:羽村在干什么?当我长大成人以后,一定会去寻找羽村,尽管不一定能找到。但是,我知道,你一定会在什么地方快快乐乐地生活着,因为我已经看到了那个在水族馆里羽村的身影。对了,有

---

[1]日语中仓鼠的发音(hamusutâ)和羽村的发音(hamura)接近。

そのぬくもりはきえない

句话我忘了说:羽村,加油!

　　笔记本的后面再没有记录下其他的内容。
　　小波在抽屉里继续找着,她找到了一支小铅笔,她在笔记本的最后一页写下:我很快乐!羽村波。
　　小波将笔记本放回原处,又将唱片放在上面,关上了抽屉。小波再次环视了整个房间后走出了房门。
　　小波走下楼梯,哈鲁还坐在那里,尾巴不停地摇晃着。厨房那边传来高岛太太和吉原小姐的交谈声。小波给哈鲁系好狗链说了声:"走吧。"
　　哈鲁和往常一样大步流星地走上了坡道。在与哈鲁的行进之间,小波感到一种温暖人心的力量充满了整个身体。她看着哈鲁的后背,跟随着哈鲁的脚步缓慢地走着。
　　朝夫以后是如何升到五六年级,如何上初、高中的,小波不得而知。朝夫,你在想些什么?在和什么人交往?在看什么书?在听什么音乐?朝夫,你会外出旅行吗?曾经说过要独自远行的你,一定会去很远的国度旅行吧?还有水族馆,从那以后你又去过许多次吧?你在水族馆里步行的姿态还会不时地浮现在我的眼前,你那全神贯注的表情像是一个中学生又像一个大人。小波在脑海中不断地这样反问着自己。

那份温暖永不散去

小波想，长大成人的朝夫和自己所知道的朝夫应该没有什么不同吧？现在的朝夫就生活在东京，是一位钢琴家。这种美好的感觉在小波的内心中涌动着，那是和朝夫在水族馆时已经体验过的那种温暖的感觉，这种温暖的感觉绝对不会消失。任何时候，只要一想到朝夫，那份温暖一定会回来的。朝夫！我只能在心中这样呼唤你。

能够随着哈鲁的步伐这样悠闲自得地散步，小波感到十分愉快，现在，哈鲁已经不再是高岛太太的哈鲁了，而是小波的哈鲁了。小波决定今后要一直和哈鲁在一起，无论哈鲁生病或老去，小波也要和哈鲁永远在一起。

"垒球练习中断一段时间吧，什么时候想练可以继续练。"听了妈妈这样说，小波吃惊不小，对于经常说"任何事情都不能中断"的妈妈，这又意味着什么呢？说这句话时，小波看到妈妈的脸上显露出一丝笑意，但更多的是寂寞。过后妈妈又说："小波自己也应该考虑一下。"这次妈妈开心地笑了，妈妈的笑容异常灿烂。

树林的前面是一道栅栏，已经不能再朝前走了。哈鲁还在那里一边玩耍一边闻着草丛的味道，看到哈鲁悠闲晃动的背影，小波更想看看它的眼睛，她走上前去叫了声："哈鲁。"

哈鲁和往常一样欢快地注视着小波。

小波抚摸着哈鲁的头说："哈鲁，我爱你！"

作者简介

岩濑成子

　　岩濑成子,日本儿童文学家、评论家,1950年出生于日本山口县。山口县立商业高等学院毕业,毕业后出任国家公务员。1972年以旁听生的身份就读京都圣母女子学院短期大学儿童文学专业,1975年回岩国居住。1977年处女作《慢慢地看见了清晨》由日本理论社出版,并于1978年获得日本儿童文学者协会新人奖。

　　岩濑成子的作品数量并不多,但她的作品却堪称本本经典,摘得了不少日本很有分量的奖项。比如,处女作《慢慢地看见了清晨》获得了日本儿童文学者协会新人奖;《谷川君说了"不是谎话"》获得了产经儿童出版文化奖和小学馆文学奖;《剑龙》、《迷鸟飞翔》获得了路傍之石文学奖,《那份温暖永不散去》获得了日本儿童文学者协会奖。

　　岩濑成子作品的大多以生活在当代社会的少女为

主人公，对她们的日常生活及潜藏在人心内部的不确定性，进行了具有独特风格的细微描写。她的小说构思巧妙，人物刻画细致鲜活，故事描述无微不至。作品中还揭示了许多当代的社会问题。其作品不仅适合少儿阅读，连青少年及其家长也非常喜欢她的作品。

幻想小说的真实性和可能性

——评《那份温暖永不散去》

朱自强/儿童文学理论家

阅读幻想小说时,我总是会在心里做这样的追问:这样的生活,为什么不是用写实小说,而是要用幻想小说这一文体形式来表现?这样做,是必须的吗?我的这种追问,主要不是针对作家,而是针对我自己的。

我发现了一个规律:如果一部作品得到的是一个肯定的回答,它往往是一部让我喜欢,或者打动我的作品;如果得到的是一个否定的回答,则基本是一部我不喜欢,或者让我无动于衷的作品。

能够吸引我,打动我的幻想小说,一定

是具有真实性的作品。具有真实性的幻想小说会谛视生活的深处，逼近人生的本质。在这一点上，幻想小说与写实小说殊途同归。

日本作家岩濑成子的《那份温暖永不散去》就是具有真实性的幻想小说。它的真实性不是体现在作家对幻想事件的真切描写，而是体现在作品主人公的心路历程与幻想世界的必然交会。

《那份温暖永不散去》是一部成长小说（其实，很多优秀的幻想小说都是成长小说，幻想小说在表现成长方面得心应手）。九岁少女羽村波在学校和家庭生活中，都遭遇了困境。这个不太适合应试教育的孩子，被妈妈要求去上补习班，这个身体孱弱的孩子被妈妈要求参加垒球队，当她做不好这些事情时，妈妈便反复劝说她，做事情不能放弃，不能半途而废。对于妈妈这样的要求，小波即使难以做到，也不能像大自己一岁的真麻那样，表示不愿意，因为如果做出这种表示，妈妈就会不断地叹息，每次叹息都会让小波感到，周围变得越来越昏暗，自己好像有一种失去亲人的感觉。因为父母离婚，更主要的是因为爸爸与新的妻子有了小宝宝真，小波已经感觉"现在的爸爸已经将心完全交付给了真，爸爸再也不是以前的爸爸了，他正在一步步地走远……"对于九岁的小波，如果在情感上再失去妈妈，她的生活将是一片黑暗。

そのぬくもりはきえない

就是在面临这样的成长困境时,同龄的朝夫走进了小波的生活(还有哈鲁这只狗,它对于孤独的小波具有重要意义。小波期盼每时每刻都可以和哈鲁在一起,无论是在庭院或者在家中,白天她可以带着哈鲁四处游玩,晚上可以和哈鲁一起睡。朝夫是来自另一个时间和空间的孩子。无缘与朝夫相见、相处的真麻将他看作"幽灵",可是,随着相处,小波知道朝夫不是幽灵,而是与自己一样的真正的孩子,只不过来自"那一边"——另一个时间和空间。事实上,小波走进了一个成年人的童年。

在同样遭遇到成长困难(被高年级同学欺负)的朝夫这里,小波得到了理解、友情(蕴含着爱意),得到了慰藉。为了能够与朝夫相处,小波开始逃垒球队和补习班的课;为了带朝夫去水族馆,小波从妈妈那里偷拿了一万日元;为了应付妈妈监视式的短信,小波只能撒谎。这样的表现,在不明就里的大人眼里,几乎近于不良少女了。妈妈发现后责问小波,她不明白小波为什么变成了现在的样子,一再的逃课、撒谎。小波感觉心里非常压抑,她想说出朝夫的事情,却不知该如何说起。她又担心一旦向妈妈说明朝夫的事,妈妈不相信该怎么办。这就是孩子成长的艰难,在大人面前,说了不被相信,不说更不被信任。

"'我现在真正地变成了一个无可救药的孩子。'小

那份温暖永不散去

波真想把这句话说出来。自己如今已经不再是妈妈喜欢的那个温顺、努力的小波了。小波听到了自己的心声,它的声音虽然微小,但给小波传递着某种东西。那个声音在说:'小波,自己已经拥有的东西绝不能丢失,一定要坚守住!'"小说的这段文字,清晰地告诉我们,小波从朝夫那里,获得的是自我的意志,这是最值得"拥有的东西",是"绝不能丢失,一定要坚守住"的东西。

小波毅然决然地与朝夫又去了水族馆,她关闭了妈妈询问她到底在何处的电话,最后竟然关上了手机,与朝夫待在水族馆里,快到深夜才回到妈妈身边(此时,朝夫已经回到了成人的时间和空间)。这时,担心失去女儿的妈妈通知了警察、消防队,到处寻找丢失的女儿。正如现实中的"虎妈"蔡美儿在莫斯科的红场,遭到二女儿激烈反抗,意识到从此将失去女儿,进而幡然醒悟一样,正是小波这不顾一切的行动惊醒了妈妈。从此,妈妈做了巨大的改变——垒球练习可以中断,别说补习班,连学校都可以休学一段,一直坚决不让小波替朝夫母亲收养的哈鲁也可以养了。一条光明的成长之路,终于展现在小波的面前。

幻想小说之所以是真实的,这是因为文中用了写实的、逼真的、实证的描写手法(比如小波在朝夫离去以后,在朝夫的笔记本上读到的写给她的信),但是最重要

的原因还是作者找到了孩子的精神世界与幻想世界的内在而真实的联系，否则，幻想小说就容易变成魔术师表演的戏法。但是，幻想小说不是戏法，幻想小说是活生生的艺术的真实。《那份温暖永不散去》因为令人信服地表现出了处于特定状况下的小波与朝夫之间的心灵维系，而获得了幻想小说打动人心的真实性力量。

幻想小说的阅读是让人频生想象的阅读。在读者的想象参与这一过程中，幻想小说展示出丰富的可能性。《那份温暖永不散去》是主要表现异"时间"交会的幻想小说。小波与处在另一个时间、空间的朝夫交会是全书一个不可或缺的要素。朝夫的到来帮助小波成功跨越成长障碍。如果是写实小说，小波的时间和朝夫的时间将不会发生交会，但是在这部幻想小说中，小波和朝夫相互走进了对方的时间。每当小波进入二楼朝夫的房间，其实就是携带着自己的时间进入了朝夫从前的时间；而当朝夫走出二楼自己的房间，便是携带自己的时间进入了小波现在的时间。这两个世界的时间不一样。小波的时间过得慢，朝夫的过得快。在小波，"才过去了两天"，在朝夫，则是"很久以前"。正所谓"洞中方一日，世上已千年"。

由于全书以小波的视角来展开叙述，所以小波的"时间"被表现得完整、清晰、连贯，读者可以从中具体感受

到朝夫给小波的精神生活带来的深刻影响。但是,在目前的叙述中,朝夫的"时间"却是不完整、不清晰、不连贯的。虽然,从童年的朝夫在笔记本里写给小波的信中,我们能够隐约体察出结识小波,对朝夫回到学校是有影响作用的,但具体的情况,小说并没有交代和描写。我在这个引起读者的惊异感的幻想故事里,对朝夫的"时间"十分好奇。我感到,想象朝夫的"时间"过程,是理解、感受这部小说的一部分。

不仅对于小波,异"时间"的交会是真实发生的事情,对于朝夫而言,也同样是真实经历过的事情。我曾读过那种将同一件事情,分别用两个人物的视角来叙述,写成两个文本,然后将两个文本放在一起,作为一个作品来出版的小说。如果,小波、朝夫共同经历的这件事情,以朝夫的视角来叙述、描写,一定也是一个吸引人的幻想故事。已有的小波的这个动人故事,我们已经了解了,想象一下朝夫的那些与小波有关,但又不为我们所知的故事,是多么令人好奇、令人兴致勃勃啊!

童年里的朝夫,因为躲避高年级同学的欺负,跳下悬崖,摔伤了腿。他意志消沉,打算今后不再回学校了。可是,就在朝夫待在家里养伤的那段日子里,未来的时间(从朝夫这儿算的话,大约是三十年左右的以后)里的小波,出现在了朝夫的生活里。正如小波的心灵世界因

そのぬくもりはきえない

为遇到过去的时间里的朝夫而发生了改变,朝夫的精神生活也一定因为遇到了小波而发生了变化。从朝夫"写给羽村"这封信里,我们隐约知道他陷入了遭受欺负的严重困境,我们也能从小说的交代中知道,朝夫后来成了出色的钢琴家,这些与小波的出现一定有着什么联系。朝夫在信里写道:"当我长大成人以后,一定会去寻找羽村,但不一定能找到。但是,我知道,你一定会在什么地方快快乐乐地生活着,因为我已经看到了那个在水族馆里羽村的身影。对了,有句话我忘了说:羽村,加油!"我想,朝夫当自己长大成人以后,一定会去寻找快快乐乐生活的羽村,一定给他带去勇敢的力量摆脱困难!"羽村,加油!"在我听来,朝夫的这句话也是对他自己说的。

由于作者着重表现小波这一视角,所以在异"时间"的交会中,小波的"时间"是经过了作家叙述、整理的,而对朝夫与小波交会的"时间"的整理,则需要读者来完成。这是有质量的阅读所应该进行的能动性操作。幻想小说阅读的丰富的可能性将在这一过程中实现。

2012年7月15日星期日
于中国海洋大学儿童文学研究所

国际大奖小说

《那份温暖永不散去》
教学设计

吴书华 / 深圳福民小学教师

【作品赏析】

重视心理活动的描写是这本小说的重要特点。小说重点描写了一个叫羽村波的女孩儿的心理活动,通过作家细腻的描写,我们了解到这是一个陷入困境的孩子,内心的孤独使得她与周围的人无法正常交往,甚至连学业也受到了影响。

虽然生活在小波周围的人们都很关心她,给予她很多关爱。但当他们还没有意识到小波的心理困境时,他们的给予是远远不够的。过生日,留单间,到绘画特长班和垒球队学习,这些也都是引导小波远离孤独,融入集体的方式,但若还没有深入孩子内心的时候,小波紧锁的心扉将无法因此打开。

要紧的是机会。作家给予我们的答案似乎是:艺术。

只有艺术的方式才是解开心结的灵丹妙药。所以,在小说中才有了这样的描写,一个意外的机会使小波有了变化,到高岛太太家带宠物狗哈鲁散步的事情。这件看似很微小的事件却有着重要的意义,它唤起了小波主动与陌生人交往的心理需求,以及与小狗哈鲁一同散步的自由快乐。小波由此体验到不被人"过度关注",才能获得真正的快乐。更重要的是,小波在高岛太太家的二楼,看到一个叫朝夫的男孩儿的日记和绘画,这是小波接触艺术的开始,她看到了一个男孩儿战胜困难,挑战自我的心理历程,也受到了这个热爱音乐、兴趣广泛、聪明活泼的男孩儿的影响。童年时代的朝夫穿越到小波的时代,即便短暂,却给予了小波永不散去的温暖。离开朝夫的小波,在亲人的关照下逐渐变得开朗、活泼起来,她开始努力面对生活中的一切,并学着去爱。作品试图告诉我们:孤独的孩子需要我们用宽容的心态及艺术的方式予以救治,同时还要学会等待。云开雾散之日,那份温暖将永留心间。

【话题设计】

1.小说中多次写到小波的心理活动,请在小说中找到相关的心理活动描写,分析小波的心理变化过程,认识小波这一独特形象。

2.画出朝夫出现的段落,请分析从哪里看出朝夫

不是幽灵而是一个穿越时空的角色。

3.小狗哈鲁在推动小说故事情节发展中起着怎样的作用?

4.结合这本书谈谈你对时下"穿越文"的理解,朝夫的这次跨时空的旅行给小波带来了什么?

【延伸活动】

1.当一回小作家:建议观察某一动物,编写一个有趣的故事,然后用连环画的形式来表现,并和同学分享这个故事。

2.交一个好朋友:建议在学校内交一个不同年级、性格差异较大的朋友,和朋友保持友好的交往与沟通,注意学习朋友的优点和长处。

【亲子阅读】

1.和父母谈谈心,问问他们在学生时代遇到过什么心理问题,或者困扰自己的事情。看看父母是怎样解决的。

2.利用周末时间和父母家人一同远足一次,如到乡下体验农家生活,或是到博物馆、展览馆参观,然后和家人交流心得体会等。